Die
Todeskreuzung

Aus der Reihe
Atlantica Police
(Episode 2)

Donatus Steinbrech

Die
Todeskreuzung

Bibliografische Information der Deutschen Bibliothek:
Die Deutsche Bibliothek verzeichnet diese Publikation in der
Deutschen Nationalbibliografie; detaillierte bibliografische
Daten sind im Internet über <http://dnb.ddb.de> abrufbar.

Herstellung und Verlag: Books on Demand GmbH, Norderstedt

ISBN 978-3-8334-6990-9

Atlantica

Wer ein Versprechen bricht,
bricht sich selbst.

(atlanticanischer Volksspruch)

Die
Todeskreuzung

Dämmerung wölbt sich über die Stadt, der letzte Streif Tageslicht schimmert wie ein blutiges Band an der Hausfassade. Ringsumher, tief in den Büschen, knackt schon ungeduldig die Nacht. Mancher Vogel flattert erschrocken auf, bei der Suche nach Unterschlupf, denn der leise milde Wind erzeugt ein Flüstern, als wollten unzählige kleine Stimmchen den Glauben an Geister und Elfen auferstehen lassen. Aber all dieses Knistern und Murmeln und Rascheln zwischen den Pflanzen ist nichts anderes, als eine Täuschung. Eine Täuschung der Natur, der wir in vielen Teilen der Welt allzu fremd geworden sind.

Drinnen im Hause geht die Zeit ihren eigenen Weg. Man sieht nichts von der kurzen gleißenden Reflektion des Himmels, die wie ein Dolch ihre spitzen Strahlen mitten durch die Wohnzimmerscheibe stoßen möchte, im selben Moment aber geschickt durch ein Wölkchen an der Tat gehindert wird. Im Gegenteil, der Körper wird zum Untertan der Nervosität; die Augen fixieren gebannt jene verzierte Wandtelleruhr, die sich dreist zum Mittelpunkt des Jetzt aufspielt. Und sei es immer bloß sekundenweise. Doch es genügt, wenn sie hämisch verkündet, dass es gleich zwanzig nach acht werde, genauer gesagt: 20:18 Uhr. Oder noch deutlicher: achtzehn Minuten über die Zeit ! John wird unruhig. Wieder steht er vom Sofa auf, geht durch das Zimmer, schaut nach den bereitgestellten Getränken, ob er auch wirklich nichts vergessen hat, und zurück zur Uhr. Es ist das – was weiß ich – wievielte Mal: „Ich verstehe nich', wo Cathy nur bleibt." Ms Wild ist heute Abend bei ihm eingeladen. Ohne besonderen Anlass; man möchte lediglich ein wenig miteinander plaudern. In Ruhe. Vielleicht dafür nicht ganz ohne Absichten. Wobei ein solcher Hintergedanke möglicherweise bei unserem Kriminal-hauptkommissaren auf einer anderen Linie liegt, als bei ihr. Reine Vermutung. Tatsache hingegen ist, dass man sich akzeptiert und durchaus mag. Eventuell ein bisschen mehr. Im Dienst begegnen sich beide zwar tagtäglich, dennoch geht ein jeder zwangsläufig seinen eigenen Weg. Und besonders unter den

Augen der Kollegen wird jede Wärme ausstrahlende Nähe zu einer eiszeitlichen Distanz diffamiert. Was bleibt sind Blicke. Hoffnungsvolle, vielsagende Augen-Blicke. Kontakte auf einer anderen Ebene. Ja, sie hat etwas, was man intensivieren sollte. Dieses Andere, dieses Geheimnisvolle. „20:19 Uhr – Sie is' doch sonst immer pünktlich." Gewiss, da hat er völlig recht, im Grunde ist auf sie Verlass. Perfektion hoch drei. Ob er einmal bei ihr zu Hause nachhören soll? Oder ist es zu früh? Sind zwanzig Minuten erlaubt? Gar verzeihbar? Immerhin ist sie eine Frau. Und Frauen ... – nein, sie ist eine Dame. Jawohl. Eine junge charmante Dame mit Stil und Charakter. Bloß gerade deshalb ist es besonders ungewöhnlich. Weil sie doch immer – ja, pünktlich ist. Das hatten wir schon. Die Gedanken drehen sich im Kreise, wie er selbst. „Es muss was dazwischen gekommen sein", gedankenversunken huscht sein Blick über das Mobiliar um ihn herum, bis ein diffuser Schatten die Achse blitzschnell durchschneidet, um mit gleicher Geschwindigkeit wieder unterzutauchen. Mit hochgezogener Stirn hält unser Hausherr inne. Eine Art Lauschstellung. Langsam beginnt die Unruhe Phantasien zu erzeugen, die letztlich die Seele mehr quälen, als das tatsächliche Problem. Eine willkommene Ablenkung bietet da die Uhr. Gemütlich tickend schreitet der Zeiger zielstrebig voran. Was für eine Selbstsicherheit. Und obendrein diese Perfektion. Sekundengenaue Zuverlässigkeit. In jeder Situation. Fast wie Cathleen. Unser Hausherr legt die Hände auf sein Gesicht: Leider nur fast. Hat sie das Treffen vielleicht vergessen? Die Gedanken stoppen. Das wäre der Hammer. Seitlich über die Wangen gleiten die Hände hinab, während der Kopf nach links dreht, zum Sideboard. Überspült von einer Woge Enttäuschung nähert er sich dem dort platzierten Telephon. Verhalten langsam, denn die Ungeduld dehnt die Nerven bis zum Zerreißen. Er bleibt stehen, geht dann weiter und dreht schließlich eine Runde um den Wohnzimmertisch. Was soll das Ganze? Man ist jeden Tag zusammen und jetzt, jetzt fehlt der Mut bei ihr anzurufen? So ein Blödsinn. Schuld kann nur diese kribbelnde Vorfreude sein; die Sehnsucht, sie privat zu treffen. Mit Feuer in den Adern beginnt eine neue Runde. Wie ein Tier im Käfig, dass auf Futter wartet. Nein, wie ein Tier, dass schleichend einen Koller kriegt. Einen Käfigkoller. Wohnzimmerkoller. Sehnsuchtsrausch. Nervenkurzschluss. Die Haut bebt, die Sinne glühen. Einmal tief durchatmen und erneut Anlauf nehmen. Offensichtlich ist unser Einunddreißigjähriger einfach durch die viele Arbeiterei überdreht.

Also gut, es müssen Nägel mit Köpfen gemacht werden. Er geht erneut zum Sideboard und greift den Hörer. Die Nummer kennt er mittlerweile auswendig: 38 11 91. Oder war es 19 ? Nein, 91 ist schon richtig. Aber stimmt die 38 ? Himmel ! Wozu hat man einen Speicher. Flugs drückt der Zeigefinger den entsprechenden Knopf. Ziemlich heftig, aber das Gerät hält tapfer stand. Kaum baut sich die Verbindung auf, da übertönt der Türgong bereits das Freizeichen. Endlich. Mit einem Lächeln in den Mundwinkeln wird der Hörer zurückgelegt, rasch geht es zum Flur. Der Puls steigt, die Temperatur sinkt. Ja, die Hände sind arg kühl. Moment ! Im Durchgang zum Vorraum bleibt er abrupt stehen. Da war doch noch was ? Ein kurzer Blick zurück soll Gewissheit bringen. Die Kerzen brennen noch nicht ! So ein Mist – wo ist jetzt das Feuerzeug ? Vorhin lag es noch dort. Garantiert. Genau da vorne ! Vor lauter Ordnung gerät alles in Unordnung. Die Augen schweifen, flüchten, jagen. Der Türgong quengelt ein weiteres Mal. Lieber zuerst öffnen, die Suche kostet zuviel Zeit. Eventuell ist es romantischer, erst im Nachhinein die Lichter anzuzünden. Also geht er weiter durch die Diele, bis er hastig die Türklinke schnappt. Stimmt die Frisur noch ? Ist die Kleidung korrekt ? Hose zu, Gürtel klar ? Leider keine Zeit mehr. Obwohl der Spiegel direkt drüben hängt. Ein Blick springt hinüber. JA contra NEIN. Keine Ahnung, was heute los ist. Der Weg nach vorne scheint wichtiger. Es folgt der entscheidende Griff und endlich weitet sich die Tür; mit ihr die Augen unseres Aufgeregten. Bei der Realisierung des Gesehenen hapert es allerdings. Die Gedanken haften noch immer an dem versäumten Spiegelcheck: „Hallo", grüßt er verstört, was in deutlich höflicherer Form erwidert wird. Zu sehr war er auf die junge Lady fixiert, dass er die Frau vom Nachbarhaus glatt nicht erkannte. Peinlich. „Ich möchte nicht lange stören, Herr Goodman, aber", sie hebt ihre Hand vor sich, „ich bin eben erst von der Arbeit gekommen und habe diese zwei Briefe im Postkasten gefunden. Der Briefträger hat sie irrtümlich bei mir eingeworfen." „Nich' so schlimm. Eh, ja. Ich danke – Ihnen, dass Sie sie – vorbeigebracht haben." „Keine Ursache." Während die Nachbarin sich zum Gehen wendet, fügt John noch einen Gruß an ihren Mann hinzu, schließt danach die Tür und begibt sich zurück ins Wohnzimmer.

Ein flüchtiger Blick auf die Kuverte zeugt von deutlichem Desinteresse. Bestimmt nur wieder Werbung. Was jetzt? Er legt sie beiseite. Ach ja – anrufen. Nein! Halt! Besser vorsorglich erst die Kerzen anzünden, sonst gerät das wieder in Vergessenheit. Wo war noch gleich das Feuerzeug? Das Telephon piepst. Könnte das Cathy sein? Wohlmöglich kommt sie später. Oder sagt gar ab? Vielleicht hat sie eine Panne mit dem Auto? Solange es am Ende nicht wieder ein Einsatz ist! Das fehlte noch. „Goodman? — Ah, Edi – eh, Du??" Sein bester Freund zeigt sich irritiert: „Ja sicher *ich*." „Was willst Du denn?", unser Hausherr dreht sich in Richtung der verzierten Wanduhr. Ahnt sein Konkurrent von dem erwarteten Besuch? Er würde garantiert platzen vor Neid. Oder sauer bis auf die Knochen sein. Dummerweise wohnt er nur gleich um die Ecke. Gewissermaßen. Plötzlich läutet es wieder an der Haustür. Die gerade begonnenen Worte am anderen Ende der Leitung werden abgewürgt: „Du, ich muss Schluss machen, es hat geklingelt. Du kannst mich ja mal morgen oder Montag oder überhaupt – also, ich mein' – anrufen, ja? Ok, danke, tschüss!", ohne eine Reaktion abzuwarten, wird das Mobilteil auf den Apparat gelegt. Danach heißt es noch einmal tief durchatmen und ab in die Diele. Ach, wieder vergessen, die Kerzen anzumachen! Mist. Na, mal sehen, wer jetzt was will. 20:23 Uhr mittlerweile. Erneut durchflutet die Magengegend ein spürbares Kribbeln. Die Hände haben zwischenzeitlich gänzlich an Temperatur verloren. John greift zur Türklinke, öffnet und – ein Traum von Mädchen steht vor ihm! Das Licht der Deckenbeleuchtung spiegelt sich in klaren glitzernden Augen, und die Außenleuchte verleiht den schwarzen geklammerten Haaren eine schimmernde Corona. „Guten Abend, liebe Cathy, – lang' nich' mehr geseh'n", etwas Dümmeres hätte ihm wohl nicht einfallen können, „komm 'rein!", er reicht seine Hand. Erst im Kontakt mit ihrer, merkt er, wie kalt und feucht die eigene geworden ist. Cathleen scheint es nicht zu stören, sie legt ein verführerisches Lächeln auf: „Ja, ja – von vorhin bis jetzt ist eine lange Zeit, hm? Eine Ewigkeit." Die Ironie in ihrem Unterton übergeht er, indem er zum Wohnzimmer zeigt, wobei sein Blick zwecks Kontrolle seitlich im Wandspiegel landet: „Siehst Du, so geht das bei uns." „Ich muss mich übrigens bei Dir entschuldigen", sie bleibt stehen und wendet sich zu ihm, während er flink zu ihr zurück sieht, „als ich draußen ankam, vor der Tür, habe ich gemerkt, dass meine Uhr stehen geblieben ist. Ich hatte mich schon heute mittag gewundert, als sie nachging – die Batterie ist wohl leer." „Nicht schlimm," tröstet er erleichtert, „geh' durch."

Im Wohnzimmer sorgen verschiedene gedämpfte Lampen als indirekte Beleuchtung für eine gemütliche Stimmung. Das restliche Tageslicht, was ansonsten um diese Zeit schwach durch die großen Scheiben sowie die offene Terrassenschiebetür fällt, lässt sich am Horizont der Berge jenseits der anderen Stadtseite fast nur noch als schmaler Streifen erahnen. Die Ursache liegt in einer großflächigen Wolkenformation, die bislang lediglich als mäßige Schleierschicht den Himmel überzieht. „Setz' Dich", bietet unser Hausherr Platz an. Dabei fällt sein Blick ganz ungewollt zum Sideboard. Ja, ist es denn zu glauben, direkt neben der Fernbedienung vom CD-Spieler liegt das vermisste Feuerzeug ! Schön ordentlich. Wie es sich gehört. Dinge gibt's. Nun können endlich die Kerzen angezündet werden. „Wir hätten uns auch in Deinen Garten setzen können. Zum Teich." „Du magst die Ecke ?", er schaut sie an. „Es war neulich richtig schön. Ein tolles Flair, hm ?" Ja, das stimmt. Weil *sie* da war. Nur deshalb. Schwungvoll betätigt er den Feuerspender: „Du hast Dich ja mal wieder schick gem–, eh, gekleidet." „Danke", sagen Augen und Lippen harmonisch. Ein Hauch von Verlegenheit mag darinnen versteckt sein. Ansonsten, wie den meisten bekannt ist, zeigt die Fassade immer nur die Siegerin.

Von der Küche zurück, reicht unser Gastgeber einen kühlen Cocktail, verziert mit diversen Fruchtstücken. Danach setzt er sich mit auf das Sofa. Während im Hintergrund leise ruhige zärtliche Musik erklingt, erhebt er sein Glas, um mit der Siebenundzwanzigjährigen anzustoßen. Ihr scheint es gut zu schmecken: „Mmh, da hast Du Dir aber etwas Tolles einfallen lassen. Zauberhaft." „So wie Du ?", schmunzelt er. Gleichzeitig aber wird ihm ein bisschen warm. Liegt es an der spontanen Forschheit oder an dem heißen Blick, den ihn darauf unerwartet trifft. „Hhh, so - so", reagiert sie freundlich gelassen. Er flüchtet sich direkt in ein anderes Thema, zur Ablenkung: „Ehm, w-was ich Dich – immer mal frag'n wollte", er stellt das Glas auf den Tisch, bevor er sich wieder zu ihr wendet, „ich hoffe, dass es nich' – nich' zu – persönlich is-t", das rasch hinterhergeschickte "T" hätte er sich sparen können. Zu spät und zu derb kam es über die Lippen. Zum Glück aber trocken. Während ihre Pupillen eine minimale Veränderung vollziehen, sich leicht erwartungsvoll vergrößern, fährt er langsam, beinahe feierlich, mit einem unsicheren Gesichtsausdruck fort: „Du trägst – eh, im Grunde – das soll jetz' nichts Negatives sein – immer sehr wenig Schmuck, aber Deine Kette da, die fällt mir schon länger auf", er legt eine kurze Pause ein, um nach brauchbaren Worten zu suchen, offenbar hat ihre faszinierende Ausstrahlung die Gedankenwelt durcheinander geschüttelt, „Ist das eine Art Erinnerungsstück ? Du hast sie fast immer um." „Nicht die Kette", sie fasst an ihren Hals, wobei das Fassen eher einem schützenden Bedecken gleicht, „der Anhänger hier. Ja. Der hat schon etwas Besonderes an sich. Stimmt." „Von Deinen Eltern ?" Sie zögert. Dabei lässt sie den glänzend polierten dunklen Edelstein in der Kreuzeinfassung los, um zwecks Zeitgewinnung einen Schluck durch den Strohhalm zu saugen. „Er wirkt so – wie soll ich sagen, klingt vielleicht komisch – so geheimnisvoll." Ihre ausnahmsweise geschminkten Lippen klammern ungebrochen an dem Kunststoffröhrchen, indes die Augenpartie Entspannung signalisiert. Gewiss eine gespielte, denn in Wirklichkeit tendiert alles zur Abwehr. Nach zwei weiteren Schluck nimmt sie das Glas vor sich, macht ihre Wangen leicht hohl und zieht die Brauen hoch: „Findest Du ?" „Ja", mit einem Augenaufschlag betrachtet er ihre Figur, ihre schwarze goldverzierte Kleidung, ihre Haare, schließlich die mandelförmigen braunen sehr schönen Augen, „mag Einbildung sein. Ich weiß nich'. Es würde jedenfalls – irgendwie, hhh – ein bisschen zu Dir passen." „Wenn Du meinst", verlegen sieht sie auf ihren Schoß, „Danke. – Vielleicht", sie hebt wieder den Blick, „liegst Du gar nicht so falsch, hm ?" Ein Windzug von draußen weht zur Sitzecke. Die Kerzenflammen schwingen sich tänzelnd hin und her. „Wie darf ich das verstehen ?" „Nun, dieser Stein", unbewusst berührt sie selbigen, „ist – für mich – so eine Art Glücksbringer, hm? Es klingt sicherlich dumm, aber", sie beginnt den Anhänger mit den Fingern zu umklammern, „hm, wenn ich – in Schwierigkeiten bin, dann – hhh, dann halte ich ihn ganz fest und irgendwie – hilft es. Komisch, hn?" „Nein, wieso. Ich finde das gut. – Ich habe es beinahe, sagen wir mal – nicht anders erwartet." „Mmh?", ihre Mimik versteift sich für eine Weile. „Naja, es – es passt zu Dir", beginnt er zu lächeln, wobei er nochmals das eingefasste Kreuz fixiert. Dabei überfährt ihn mit einem Male ein leichter Schauder, ein undefinierbares Gefühl im Rücken. Wieso erinnert ihn das plötzlich an etwas und an was? Liegt es an der Kette oder ist es die Situation? Je stärker er nach einer Antwort sucht, desto mehr bekommt er den Eindruck, diesen Abend oder lediglich diesen Moment bereits irgendwann zuvor durchlebt zu haben: „Wie ich schon sagte. Du wirkst halt – geheimnisvoll." „Ach Du", wehrt sie verspielt ab und trinkt rasch noch einen Schluck. „Nein, im Ernst. Das fällt mir schon lange auf. – Positiv geheimnis- voll natürlich. So, als hättest Du – ehm, würdest Du – an - an, naja, an über- natürliche Kräfte glauben. An Feen und Elfen, an gute Geister – was weiß ich." Nach einer Sekunde der völligen Stille, durchwandern Lachfältchen ihre Wangen: „John", kopfwackelnd stellt sie belustigt das halbleere Glas beiseite, im Hintergrund flackert eine Wetterleuchte, „Das ist sicherlich ein Wunsch- gedanke. Ihr Männer seht doch in jedem weiblichen Wesen, was Euch gefällt, eine gute Fee, hm?" In diese Richtung sollte das eigentlich nicht gehen. Wenigstens scheint Cathleen ihre abgelegte Stärke wiederzufinden. „Ich – ich wollte nur sagen, dass ich – volles Vertrauen zu Dir habe", wiegelt er den kleinen Vorwurf ab und erhebt sich. „Danke. Das ist lieb von Dir", sie schaut ihm nach, begleitet von der Unsicherheit, einen Fehler begannen zu haben, „Im Grunde liegst Du nicht so falsch. Sicher, ich glaube schon, dass es mehr gibt, als das, was wir sehen. Sonst würde mein Talisman bestimmt nicht funktionieren, hm?"

Unser Hausherr kehrt mit einer Schale verschiedener Gebäcksorten und Pralinen zurück. Momentan gibt er sich leicht verkrampft. Ebenso verlegen. Eventuell betrifft es weniger das aktuelle Thema, sondern eher die Schönheit dieses Wesens, mit dem Hintergedanken heute abend ein großes Stück voran zu kommen. Sie soll unbedingt an Land gezogen werden. Bloß, wer ihre Stärke nicht kennt, läuft schnell auf. In Seenot fühlt er sich schon jetzt. Es gibt viele Frauen, die als unbesiegbar gelten, die feste Vorstellungen haben, Raubkatzenmentalität besitzen, rücksichtslos sind, egoistisch ihr Leben gestalten und trotzdem ständig gewinnen. Statt dass man sie verstößt, werden sie für ihre Taten noch bewundert. Ja, beinahe reißt sich ein Teil der Männerwelt um sie, sei es um sich selbst zu beweisen oder lediglich in guten Händen, sprich "versorgt" zu sein. Schwer zu definieren. Bei John tendiert es in eine andere Richtung. Er ist einfach froh, jemanden zu finden, der sich für ihn interessiert und gleichzeitig den eigenen Vorstellungen entspricht. Aber was sind das für Vorstellungen ? Alle jene, die wir schon aus der Vergangenheit her kennen ? Was seine Sekretärin und Stellvertreterin Cheroly verkörpert ? Cathleen ist kein Spieltierchen, wie wir wissen. Obwohl sie gerne schmust, kratzt sie auch. Heftig, wenn es sein muss. Jedenfalls in der Form, dass sie durchaus einem Widersacher eine Ohrfeige verpasst. Siehe vor zwei Wochen. Wobei wir wieder beim Thema einer resoluten Frau wären. Nein, bei ihr sind andere Dinge im Spiel. Die besagte geheimnisvolle Mixtur aus Schönheit, Stärke und Magie. Sie ist keineswegs eine Hexe, wie sie von Cheroly beschimpft wird, aber gerade hier und heute schimmert wieder diese unerklärliche Aura um sie herum. Merkwürdig. John setzt sich zu ihr. Ein Smile überspielt die Gedanken. Ist alles tatsächlich Einbildung ? Vordergründiger scheint, wie bekommt man wieder ein Gespräch in Gang ? Augenblicklich fühlt er sich völlig verklemmt. Sie schaut wachsam wie abwartend in sein Gesicht. „Wenn Du ein paar Plätzchen magst", erfindet er geschäftig, indem er ihr die Schale entgegenreicht, „die – ehm, die eine Sorte hier, hab' ich heute erst entdeckt. Im City-Center. Mit tropischer Füllung. Ganz was exclusives." „Mhm", melodisch bestätigt sie das Gehörte. Weiter folgt nichts. Außer dass sie die Offerte annimmt und probiert. Stumm. Das beunruhigt. In sofern, weil sie längst seine Unsicherheit registriert haben muss und garantiert damit zu spielen beginnt. Sie liebt dieserlei Art. Es ist von ihr keineswegs böse gemeint. Aber es ist so. Jedesmal. Er startet einen neuen Versuch: „Wenn Du also demnach – ein bisschen – oder ein bisschen mehr, an gewisse Dinge glaubst, die nicht existieren, obwohl sie existieren, ohne dass

16

man es – ehm – glaubt, nein –" „Mh ?", ihre Mundwinkel platzen vor Erheiterung auf. „Entschuldigung", für ein Weilchen stockt er. „Was hast Du ?" „N-nichts. Ehm", übertüncht er mit einem Grinsen, „ich wollte eigentlich – eigentlich was, hhh, was total and'res. Tz, also, was wollte ich jetz' sagen ? – Ach, vergiss es. Ich weiß es nich' mehr. Entschuldigung." „So", zieht sie erheitert kess in die Länge. Gerade dieser Umstand begeistert nicht im Geringsten. Ihn jedenfalls. Nun baut sich wohl auch hier, zu Hause, zwischen ihr und ihm mitten auf dem Sofa eine unüberwindbare Hürde auf. Ein kilometerweiter Graben, obwohl es lediglich Centimeter sind. Obwohl sie alleine sind. Ohne Cheroly, ohne Edward, ohne bösen Hintergedanken und besonders ohne Stress. Doch, es ist Stress. Einseitig. Und das wurmt. Es wurmt so sehr, dass die Maden ihn gerade zum schweizer Käse aushöhlen. Warum nur immer er. Empfindet seine Partnerin denn keine Unsicherheit ? Ist sie noch kälter als vermutet ? Sind diese glitzernden Augen der Zugang zu einer bizarren Eiswelt tief in ihrem Kopf ? Bei Cheroly würde man ja wenigstens auf Stroh stoßen ! Gut, ein kleiner Scherz, der leider nur wenig beruhigt. Cathleen neigt ihr Gesicht fragend in die Schräge, dabei zieht sie erneut die Augenpartie geringfügig in die Höhe. Sie wartet. Eindeutig. Ein brüchiger Frieden baut sich auf. Ok. Der Herr des Hauses ist am Zug, mit einem künstlichen Lächeln: „Doch, doch, ich weiß noch, was ich sagen wollte. Keine Sorge. Ich wollte nur mal seh'n, wie Du reagierst. Mitarbeitertest." „Aha", der verständnisvolle untertänige Gesichtsausdruck steht natürlich im krassen Widerspruch zu ihrer Gedankenwelt. „Heute abend – heute abend ist alles so anders. Ich hatte eben noch ein'n Anruf und der hatte mich ein bisschen beschäftigt. Entschuldige." „Du brauchst Dich nicht immer zu entschuldigen." „Naja. Tja, eh – Dein Anhänger – also, sagen wir, was Du gesagt hast – also, ich vermute mal, – ich – ich könnte Dir da was erzählen", nun wird aus dem künstlichen doch ein echtes erleichtertes Lächeln, bestimmt weil sie es schafft, ihrer Ausstrahlung zunehmend Vertrautheit unterzumischen, „Ja. Es geht schließlich – im gewissen Sinne – um etwas Dienstliches. Auch allgemein." „Mh ?" „Ja. Sowohl speziell, in diesem Fall, als auch gemein – allgemein, meine ich. Tz." Ohne eine Spur in ihrer Mimik zu hinterlassen, genießt sie es, wie ihr Gegenüber offenbar völlig aus dem Konzept gerät.

Lustig, diese Männer. „Ich habe nur eine Bitte an Dich, weil es halt auch dienstlich ist, absolut darüber zu schweigen. Es darf – wirklich niemand erfahren." „Natürlich. Wenn Du das willst." „Es geht um Dinge, für die Du – ja scheinbar ein Verständnis hast. Und andere nicht." Ein spürbarer Luftstoß strömt durch die Terrassentür herein. Aufgeregt beginnen die Kerzen zu flackern. Aber schon bald wird aus der kurzen Kühle ein erheblich milderer Hauch. Milder als die Umgebung zu sein scheint. Draußen über der Bergsilhouette zuckt es ab und an. Manche Entladungen schimmern heller als vorhin. Unser Hausherr greift zu einem Fruchtkeks: „Es ist zwar schon ein Weilchen her, aber im gewissen Sinne reicht es noch in die Gegenwart hinein. Außer Detlef und Salantov – also Herrn Rosner und Herrn Salmandrow – kennt eigentlich keiner den Zusammenhang. Bis auf mich, natürlich. Selbst unser neugieriger Edi, denke ich, hat das wohl nich' mitgekriegt. Und das soll was heißen. Der wär' glatt gestorben. Oder hätte sich zu Tode gefressen –" „Na, na, hör' mal", feixt sie, „spricht man so von lieben Kollegen?" „Soll ich mich jetz' dazu äußern?" „Ist er denn nicht nett?", provozierend schielt sie zurück. „Nicht so wie - wie – ja, ehm, wie halt andere", weicht er aus und beißt in den zweiten Teil des Gebäckstückes. „Wie ich?", sagt sie locker, indes sie leicht mit den Fingerspitzen gegen seinen Arm klopft. Er lässt es im Raume stehen: „Egal. –" „Wirklich egal?", hakt sie neckisch nach. Langsam beginnen John's Backen zu glühen. Er reißt sich zusammen. Sie darf es auf keinen Fall merken. Keine Ahnung, was sie sich wieder in den Kopf gesetzt hat. „Also, um bei der Geschichte zu bleiben. Sie ist eigentlich schon Geschichte und trotzdem nur eine Geschichte –" „Wie interessant." Diese schlichte An- merkung, eingehüllt in eine solch auffälligen Betonung, darf nicht achtlos übergangen werden, schon alleine zur Stärkung der eigenen Position: „Jetz' bin ich etwas durcheinander, entschuldige", er steht auf, um wenigstens mit den Augen in eine unbeobachtete Ecke flüchten zu können, gleichzeitig aber an Größe zu gewinnen, „Also, es geht darum, dass die ganze Story nich' ganz einfach is'. Und ich weiß nich', ob ich sie wirklich erzählen soll." „Du brauchst es nicht, Du kannst mir – auch etwas anderes erzählen. Es gibt so viele Dinge. Interessante, schöne. Wie wäre es, wenn Du mir ein paar nette Sachen von Deinem Freund erzählst, von unserem Kollegen?" „Von Edi?",

er dreht sich zu ihr, spielt mit seinen Mundwinkeln; in Wirklichkeit beißt er sich eher auf die Zähne: „Meinst Du das im Ernst ? Ich glaube, dass lassen wir lieber", langsam läuft er weiter um die zwei übrigen Sessel herum und kommt zurück ans Sofa, „Nein, – was ich meinte, ist schon wichtig, weil Du jemand bist, der das – die das versteht und in einem solchen Fall vielleicht die richtigen Maßnahmen treffen würde. Det hatte damals nur Theater gemacht, hat immer gesagt, das is' alles Krempel, Unfug, aber mittlerweile sieht er das wohl anders, obwohl er sich nicht mehr dazu äußert, und Sala – also, Herr Salmandrow, schweigt völlig dazu. Er will auch nicht mehr erinnert werden."
„Das klingt alles – sehr emotional, sehr aufregend oder merkwürdig, hm ?"
„Ja, merkwürdig is' das Ganze schon. Absolut. Und aufgeregt haben die beiden sich auch. Besonders Salantov. – Wenn die wüssten, dass es noch was and'res gäb', dann wär' die Hölle los", in leichter Distanz setzt er sich wieder zu ihr, um sie auf diese Weise besser beobachten zu können. „Du machst es aber spannend. Darf ich mir ein Stückchen nehmen ?" „Von den Plätzchen ? Ja klar. Dafür sind sie ja da. – Also, es begann vorletztes Jahr. Ja, könnte man sagen. Ich war noch nich' befördert worden, und Det war noch in meiner Gruppe. Salantov war schon unser Chef, aber in der Position, wie ich heute. Ich hatte ihn später praktisch abgelöst und er wanderte ein's höher. –"
„Das war vor der Umstrukturierung ?" „Genau. Besser, vor dem Umzug in unser je'ziges Gebäude. Edi war mit bei uns, Cheroly noch nicht, Deine Vorgängerin Andrea hatte Berthold, Marco und Herrn Kern – heute drüben in Det's Abteilung." „Mh – da war Marco's Welt noch in Ordnung, oder ?" „Ja, so ähnlich. Also: Vorletztes Jahr im August hatten wir unter anderem einen Waffenschmuggel zu bearbeiten. In Birkenbach gab es ein kleines Lager mit Pistolen, Gewehren, aber auch Sprengstoff. Gut versteckt in einer Scheune –" „Eine Frage", unterbricht die Zuhörerin, „Herr Rosner kommt doch aus Birkenbach, oder ?" „Ja, genau. Eh, ich kam gerade – h !", stockend verzieht John das Gesicht ein wenig zum Seufzer, wobei er in zwei erklärungssuchende Augen schaut. Flugs wendet er sich nach links zum breiten Fenster. Ein langer Blitz erstreckt sich von Wolke zu Wolke über dem Horizont. Die Ausläufer scheinen seine Rückenhaare zu elektrisieren. „Was hast Du ?" „Ach", er sieht zu seiner Sitznachbarin zurück, obwohl er in Wahrheit

lediglich das Gesicht streift, um einen anderen Ruhepol zu suchen, denn eine kleine Erinnerung sprüht durch die Gedankenwelt: „Ich weiß wirklich nich', ob ich Dir das erzählen soll oder kann – oder darf", schließlich traut er sich doch, aus Höflichkeit wieder zu ihr zu schauen. Stumm strahlen die braunen Pupillen zurück, bis sie dann hektisch zur Seite und auch kurz nach unten ausweichen. Sei es Verlegenheit, sei es Nervosität. Vielleicht sucht sie schlicht nach einer passenden Reaktion, vielleicht findet sie das ganze Getue langsam unschön. Unser Erzähler wechselt ebenfalls die Perspektive, denn: „Mir war nur grad' eingefallen, dass ich eigentlich versprochen hatte, im gewissen Sinne, nichts darüber zu sagen. Und – naja, Versprechen sollte man – eigentlich halten. Eigentlich. Blöd sowas. Ich weiß. Entschuldige. Im Grunde geht es mehr darum, ob Du das Ganze – ob Du *mich* nachher nich' lächerlich findest." „Wieso ? Ist es denn so gravierend ? Es sollte doch scheinbar um unsere Arbeit gehen, mh ?", versucht sie die unentschlossene ratlose Lage umzustimmen. „Weißt Du, eigentlich wollte ich eher einen gemütlichen unterhaltsamen Abend mit Dir verbringen. – Möchtest Du noch etwas trinken ?" „Danke, ich habe noch", wie nebenbei legt sie ihre schlanke Hand auf das Medaillon an ihrem Hals. John muss innerlich grinsen. Ob sie wohl auf diese Weise versucht, an den Inhalt der Geschichte zu kommen ? Sei es Magie oder nicht, er ist bereits beeinflusst.

Zur Entspannung lehnt er sich an die Rückenlehne. Ein neuer Anlauf wird gestartet. Erst beim Einsortieren der damaligen Uhrzeit erfolgt wieder eine Gedankenpause: „Ja, – ich glaube es war etwa 16$\underline{^{00}}$ Uhr. Jedenfalls wollte ich von Birkenbach auf die Umgehungsstraße nach Radyna fahren. Im Kopf sauste noch allerhand von dem Waffenschmuggel herum. Schließlich wollte Herr Salmandrow die Befragungsergebnisse getippt haben; zum nächsten Morgen. Wie auch immer, jede Verzögerung nervte, selbst die schlichte rote Ampel an der Kreuzung. Endlich sprang sie um. Subjektiv dauerte es, bis die zwei Wagen vor mir anfuhren, aber plötzlich warf ein Krachen die ganze Situation um. Ich wusste überhaupt nich', was los war. Instinktiv machte ich eine Vollbremsung und habe nur die Autos querstehen geseh'n." „Was war denn passiert ?" „Das is' 'ne gute Frage. Uns're Ampel zeigte wirklich GRÜN.

Ich hatte mich schnell überzeugt, nachdem es zu dem Unfall gekommen war. Irgendwie musste jemand auf der Abbiegespur von der Umgehungsstraße einfach noch bei ROT durchgefahren sein. Jedenfalls ist er seitlich in das erste Auto 'rein, sodass der vor mir hinten drauf gefahren ist, und ich hab' ebenfalls eine ordentliche Beule mitbekommen, weil ich so schnell nich' stand." „Wie konnte denn das geschehen ? Ich meine, hatte es derjenige denn so eilig ?", Cathleen nimmt sich eine Praline aus der Schale, „Man sieht doch von weitem, wenn die Ampel anfängt, grün zu blinken. Dann gebe ich halt Gas oder bremse. Je nach Entfernung. Aber spätestens bei Gelb bremse ich." „Ja, Du schon, aber der nich'." „Ist denn jemand verletzt worden ?" „Es geht. Die Frau im ersten Auto ja. Der Unfallverursacher ziemlich heftig." „Das ist dann seine Strafe. Was hat er denn ausgesagt ?" „Nichts", unser Hausherr greift sein fast leeres Glas und trinkt den Rest. Er merkt, dass man neben ihm ungeduldig auf eine Antwort wartet: „Er konnte nichts mehr aussagen, weil er – tot war." „Dann müssen die Verletzungen doch sehr stark gewesen sein." „Nein, nein. Völlig unwichtig. ..." Cathleen macht eine schwer definierbare Miene, dabei vergisst sie den Rest ihrer Praline weiterzulutschen. „... Es geht ja erst los: Am nächsten Tag saß ich mit Detlef zusammen in der Mittagspause: *»Na, John, Du hast Deinem Wagen ein neues Aussehen verpasst ?«*, fragte er kauend, mit schelmischen Mundwinkeln. *»Ach«*, entgegnete ich kopfschüttelnd, *»das is' total bescheuert. Ich hatte eh schon keine Zeit.«* *»Und das Auto war bei ROT einfach weitergefahren ?«* *»Das ging alles so schnell – der hatte immer noch 'ne ziemliche Geschwindigkeit.«* Er unterbrach seine Bewegung und schaute mich an. Ich wusste gar nicht, was er wollte. *»Iss' mal, sonst wird Dir Dein Goulasch noch kalt.«* Irgendwie hatte ich keinen Hunger und habe nur mit *»Ja, ja«* geantwortet. Er erzählte mir, dass es dort schon mehrere Unfälle gab, seitdem die Umgehungsstraße existierte. Ich fand das seltsam, denn mir erschien die Kreuzung recht übersichtlich. Damals jedenfalls. Da waren die Büsche noch nicht so hoch. *»Allfällig ist es gerade das«*, versuchte er mir zu erklären, *»die Leute meinen, sie könnten noch fahren und dann kracht's.«* Und was ist mit der Ampel ? *»Sie gibt es erst seit ein paar Monaten. Dennoch, sie hat einiges bewirkt. Soweit ich mich erinnere, gab es seit Mai praktisch kaum noch Unfälle, allfällig gar keinen.«* *»Bis auf gestern«*, entgegnete ich. – Am Nachmittag hatte ich dann eine Analyse vom

Hergang vorliegen. Detlef war gerade gekommen, so konnte ich es auch ihm mitteilen. Der Fahrer des Unfallautos soll beim Zusammenstoß bereits ohne Bewusstsein gewesen sein. Die zu dem Zeitpunkt vorliegenden medizinischen Erkenntnisse deuteten auf einen Herzinfarkt hin. Verletzungen, die durch den Aufprall und der Verformung des Fahrzeuginnenraumes hervorgerufen wurden, kamen für eine eindeutige Todesursache nicht in Frage." „Wenn ich das richtig verstanden habe, dann ist der Fahrer – jetzt einmal primitiv gesagt – auf der Abbiegespur gestorben, konnte somit nicht mehr bremsen und – und fuhr dann –", die junge Lady zieht Falten des Unwohlseins auf ihre Stirn. „Ja, obwohl ich nicht eindeutig weiß, ob er noch gebremst hatte oder nicht. – Darf ich Dir noch etwas Saft eingießen?" „Ja, gerne – der schmeckt wirklich gut."

Während unser Chefermittler aufsteht, um die Glaskanne mit dem Mischgetränk zu holen, berichtet er weiter: „Am nächsten Tag hatte ich wieder in Birkenbach zu tun. Ich hatte Berthold mitgenommen, weil von den anderen keiner Zeit hatte. Wir befanden uns im Nachbarhaus des mutmaßlichen Waffenhändlers. Ich fragte den dort lebenden älteren Herrn, ob er nicht vielleicht wüsste, wo dieser Herr Stolgang sein könnte. »Nei«, antwortete er mit einer tiefen gesetzten Stimme im Devontaler Dialekt*, »wir hawn recht wenig Contact to iim; er wohnt erst seit zwee Jahren hier.« »Nun, das war's dann eigentlich schon«, sagte ich und wollte gehen, aber der Mann hatte noch etwas mitzuteilen: »Er komt wohl van Danemark o Deutschland. Genau weiß man et niet, jedenfalls van dies Gegend dor, aber – waiten Sie mal«, er drehte sich nach hinten zu einem Mitbewohner, der im Sessel saß und mit einem Buch beschäftigt war, »Pedro, sayte unser Nachbar niet eenmal wat van eener Bekannte?« »He?! Wer is verwandt?« Mein Gegenüber schüttelte den Kopf und rief mit stärker Stimme: »Dies Stolgang soll doch een Freundin hawn !!« Mir war die Lautstärke überhaupt nicht angenehm. Ich fürchtete, die Leute auf der Straße oder nebenan könnten es hören. »Ya, ya«, kam die Antwort vom Sessel,

---

* Die Aussprache variiert von der Schreibweise, so wird z. B. "ei" meist getrennt als "e" und "i" gesprochen

»ya, ya – da oute* im 'Sülpenweg' – oh ya, dat must een sin !« »Dju meinst 'Sylphidenweg'«, verbesserte der Mann vor mir. Ich hatte einen solchen Straßennamen noch nie zuvor gehört und blickte kurz zu Berthold, dann aber wieder zu dem Mann, der gleich weitersprach: »Ya, 'Sylphidenweg'. – Vielleicht fragen Sie eenmal den – den Alhoger !« »Wer oder was ist das denn ?« Der Zweite, mit Namen Pedro, hatte sich jetzt vom Sessel erhoben und winkte mit der Hand immer auf und ab: »Oh – oh; oh, oh, oh ! De alt Alhoger«, und während er zur Tür hinausging, murmelte er weiter vor sich hin: »Oje – oje, dies Spinner, de Alhoger.« Der Mann vor mir entschuldigte sich: »Mei Bruder is niet besonders auf iin to sprechen. Naja – dies Mann, den ik meine, is auch niet stetig bei Sinnen – manches Mal.« »Wo finden wir denn den Herrn ?«, Berthold und ich merkten, dass dieses Thema offenbar unbeliebt war, aber wir bekamen nach kurzem Zögern eine Antwort: »Er wohnt an de Friedhof, 'Torgasse' 12 oder 14 – ik weiß niet so exact.« Auf dem Weg nach draußen, ergänzte der Befragte noch: »Wissen Sie, dies Alhoger treibt sich fast de liewen langen Tag herum und kriegt dadurch eene Menge mit. Da er aber manches Mal niet ganz richtig tickt –« Wir haben besagten Franco Alhoger natürlich nicht angetroffen, wahrscheinlich war er mal wieder unterwegs."

„Wieso hat sich eigentlich Herr Rosner nicht um die Sache gekümmert, er kommt doch schließlich aus dem Ort ?" „Weiß ich auch nich' mehr. – Aber, weil Du gerade von Det sprichst; am Nachmittag war ich wieder zurück im Präsidium. Ich brauchte Informationen über die anderen Beteiligten des Unfalls", John schielt verlegen nach oben zur Seite, „irgendwie – waren meine Unterlagen abhanden gekommen. – Egal. ..." Seine Zuhörerin ignoriert das entschuldigende Lächeln, sie lauscht lieber gespannt der Fortsetzung. „... Det gab mir den Rat, am besten mal im Computer nachzusehen, eventuell wäre es schon verzeichnet. Aber Du weißt ja, ich und Rechner – zumindest damals hatte ich fast gar keine Ahnung. Ein wenig beruhigend war, dass Det sich scheinbar genauso wenig auskannte. Er riet mir, mich an Herrn Salmandrow, Andrea oder besser an Marco zu wenden." „Ja, ja, der Computerfreak." „Genau, so ähnlich sagte es auch Det. Aber ich hatte gleich noch eine Frage

---

* draußen

23

an ihn: *»Wer oder was ist oder war eigentlich "Sylphide"?«* Er schaute mich an, wobei er seine Pfeife aus dem Mund nahm. Er konnte sich anscheinend denken, worum es ging: *»Ach, Du meinst den 'Sylphidenweg'? – Der muss im Neubaugebiet liegen«*, dann griff er sein Arbeitsmaterial, schaute aber trotzdem wieder zu mir. Er hatte gemerkt, dass ich mit der Antwort unzufrieden war: *»Das ist keine bestimmte Person, John, das ist etwas Allgemeines. Unnützer Unfug. – Märchenkram«*, er wurde leiser: *»Weißt Du, die ganze Ecke dort ist seltsam benannt.«* Mehr erfuhr ich zunächst nicht. Kollegin Andrea störte uns mit einem Auftrag."

„Allmählich wird die Geschichte interessant", zwinkert die Schwarzhaarige langsam zurück, „Momentan ist nur einiges ein wenig unübersichtlich." „Kommt alles noch", verspricht unser Gastgeber, „wir stehen ja erst am Anfang. Ich versuche Dir das zu entschlüsseln. Keine Sorge. Andrea erklärte mir gleich am selben Tage, wie ich die Computerabfragung durchführen musste." „Heute sollte das fast jeder können." „Sicher, mittlerweile haben wir ja auch einheitliche Programme, die sich leicht bedienen lassen, und *jeder* hat seinen eigenen Rechner. Das war schließlich alles noch vor dem Umzug in unseren "Power-Tower". Damals gab man also auch schon die Straßennummern ein und bekam sämtliche registrierten Unfälle der letzten 10 Jahre. Und jetzt kommt's: Unfälle mit tödlichem Ausgang gab es am 22. August 1995, am 3. Mai 1996, dann wieder am 22. August des selben Jahres und halt jenen im August '97. Vorher war nichts. Det wies darauf hin, dass die Straße auch erst seit '95 fertiggestellt sei, wobei er sich noch gut erinnern konnte, dass es gleich an dem Tag nach der Einweihung bereits den ersten Unfall gab." „Das klingt wirklich verrückt, vor allem, wenn ich das richtig sehe, dieser gewisse Rhythmus." „Ja, Cathy, das war auch mein erster Gedanke. Ist das Zufall, gibt es ein System? Steckt gar ein Verbrechen dahinter? Obwohl – dreimal im August, nur weil es der selbe Monat ist, rechtfertig noch lange keine besonderen Aktionen. Im Grunde noch nicht einmal normale Ermittlungen, es sei denn, man würde äußere Einwirkungen feststellen, wie man so schön sagt. Es macht halt nur neugierig. Oder sagen wir, man nimmt es zur Kenntnis und vergisst es bald wieder. Tja, und was die übrigen Unfälle zwischendurch anbelangt, dass waren so wenige und wenn, nur leichte Blechschäden – wohlbemerkt die, die von der Polizei aufgenommen wurden. Eine halbe Stunde später rief Anton, also Herr Kern, aus der Bibliothek an. Er sagte mir, das Wort "Sylphide" käme ursprünglich aus dem Lateinischen und bedeute "weiblicher Leichtfuß". Er meinte, es wäre vermutlich so etwas wie ein leichtsinniger Mensch. In Wirklichkeit steht es in Zusammenhang mit Feen und Elfen. Aber egal. Det hatte das Gespräch mitbekommen und merkte mal wieder an, ich solle das bloß nicht so ernst nehmen; die ganze Gegend wäre – wie gesagt – eigenartig benannt. Nun gut, ich habe es hingenommen und mich wieder mit meiner Arbeit beschäftigt. So ganz hat es mir natürlich keine Ruhe gelassen, denn die Abwicklung mit der Versicherung und so weiter, erinnert einen von Zeit zu Zeit, logischerweise. Besonders, als ich zufällig und wirklich nur ganz zufällig erfuhr, dass auch am 3. Mai 1997 jemand tödlich verunglückt war. Es stand halt bloß nichts im Rechner davon." „Nanu, wie kommt das?", fragt die junge Dame überrascht. „Im Rechner – besser im Programm, waren nur Verkehrsunfälle registriert. Anfang Mai wurde dort die Ampelanlage installiert, und während den Arbeiten erwischte es einen Techniker – angeblich Stromschlag." „Wenn ich das nun richtig verfolgt habe, wäre damit die Lücke geschlossen, wenn man den Mai mit dazu nimmt?" „Da hast Du recht", bestätigt unser Kommissar, kurz abgelenkt von einem leichten Donnergrollen, „Der Mai kam hinzu." „Hh, wie unheimlich. Was meintest Du übrigens eben mit *angeblich*?" „Hm? Ach, mit dem Stromschlag? Naja, es kommt immer drauf an, wie man was sieht und beurteilt. Ich werde es Dir noch erzählen. Jetzt aber war ich erstmal am Wochenende mit Salantov zusammen. Wir hatten uns bei ihm zu Hause getroffen. Ich glaube, wir spielten gerade Schach. Ja, stimmt. Schach war's. Jedenfalls erzählte er mir nebenher, wir würden bald in das neue Gebäude ziehen – also in unser jetziges, und ich hätte vielleicht die Chance, befördert zu werden beziehungsweise eine eigene Arbeitsgruppe zu kriegen – praktisch so, wie es gekommen ist. Im ersten Moment vergaß ich vor lauter Freude meinen Spielzug zu tun. Dann allerdings ging mir wieder etwas durch den Kopf, und ich versuchte es meinem Gegenüber in irgendeiner Weise klar zu machen: *»Wir kennen uns ja nun seit vielen Jahren, und – wie Du ja eben gezeigt hast, vertraust Du mir und –*

umgekehrt is' das natürlich auch, besonders privat ....« »Danke«, lächelte er, wobei er sich logischerweise denken konnte, dass da noch eine Kleinigkeit fehlte. *»... Deshalb frage ich Dich, ob Du mir einen Gefallen tun könntest.«* »Einen Gefallen? Sicher«, blinzelte er herüber, *»Obwohl – wenn Du so kommst, sollte man vorsichtig sein. Was ist es denn für ein Gefallen?«* Ich schaute ihm ernst ins Gesicht: *»Ginge es, an der Kreuzung eine Baustelle einzurichten, um z. B. Messungen durchzuführen?«* *»Was denn für eine Kreuzung?«* Das hatte ich glatt vergessen zu erwähnen: *»Eh, bei Birkenbach, die an der Umgehungsstraße.«* Noch schöpfte er scheinbar keinen Verdacht: *»Und da willst Du was messen?«* Ich schaute noch einmal in sein Gesicht, zur ahnungslos fragenden Stirn, in die auf alles gefassten Augen. Dabei durchfuhr mich der Gedanke, ob ich überhaupt diese Geschichte vorbringen sollte. Aber für einen Rückzug war es anscheinend zu spät. Ziemlich zögerlich kam ich es mir dann über die Lippen: *»Wie Du weißt, eh – beschäftige ich mich seit einiger Zeit – mit den mysteriösen Unfällen dort –«* »Allerdings«, fiel er mir gleich ins Wort und wurde streng, *»wo warst Du beispielsweise am Donnerstagnachmittag – oder Freitagmorgen, bei der Geldübergabe, wenn man mal fragen darf? ...«* Ich versuchte ihn zu bremsen, zunächst ohne Erfolg. *»... Außerdem solltest Du mir noch ein paar Adressen besorgen, und –«* »Sala, bitte!«, unterbrach ich ihn ein wenig missmutig. *»Entschuldige«*, er stand auf und ging zum Schrank, um etwas zu trinken zu holen. Ich wusste nicht recht, ob ich mit dem Thema weitermachen sollte oder lieber nicht. Bloß, wann sonst? *»Das Seltsame an den Unfällen ist – halt das Datum und die Uhrzeit. – Immer das selbe.«* Er kam zurück und goss jedem von uns etwas ins Glas: *»Immer der gleiche Tag?«*, fragte er zwischendurch. Ich schaute der aus dem Flaschenhals sprudelnden Flüssigkeit zu, wie sie sich schäumend ihre richtige Lage suchte: *»Ja, am 3. Mai zwischen 7$\underline{^{00}}$ und 9$\underline{^{00}}$ Uhr morgens, am 22. August nachmittags gegen 16$\underline{^{00}}$ Uhr. Mal früher, mal später.«* Er schraubte den Deckel auf die Limonade, hielt kurz nachdenklich inne und brachte sie schließlich weg: *»Da das aber nur fünf Unglücke sind, wenn ich Dich recht verstanden habe, kann doch Zufall im Spiel sein.«* Als er zurückkam, setzte er sich wieder an den Tisch. *»Weißt Du, Sala, es geht noch weiter: Die Verunglückten sind stets männliche Personen, noch nicht so alt, genauer gesagt, zwischen 30 und 40.«* In Gedanken bereits woanders blickte er flüchtig vom Spielbrett zu mir auf, seine Frage klang sowohl leicht unkonzentriert wie gelangweilt: *»Meinst Du, da hat jemand nachgeholfen?«* Wenn ich die Lösung gewusst hätte, hätte ich ihn wohl kaum eingeweiht. Nachdem ich getrunken und seinen Spielzug abgewartet hatte, erzählte ich weiter: *»Sehr seltsam ist die Todesursache. Es wird jedesmal Herzversagen oder Gehirnschlag angegeben, meist schon vor dem Zusammenstoß – Schach!«* *»Was soll das denn heißen?«* Im ersten Moment wusste ich nicht genau, ob sich die Frage auf meinen Zug oder meine Erläuterung bezog. *»Sala«*, fuhr ich fort, *»da stimmt doch was nich'!«* Spürbar rauher im Ton wollte er von mir wissen, was für einen Schluss ich aus der Angelegenheit zöge. *»Eigentlich wollte ich DEINE Meinung hören«*, entgegnete ich sofort. *»Das ist ja verrückt, – alles. – Ich kann mir schon vorstellen, was Du denkst«*, er war ein bisschen ungemütlich geworden. *»So? – Naja, die ganze Sache is' doch nich' mehr natürlich.«* *»Wie auch immer, mein Lieber, lass' es auf sich beruhen«*, er stand schon wieder auf, *»Lass' die Finger davon – das gibt nur Ärger irgendwann!«*, und ging erneut zum Schrank. *»Sala, ich glaube, Du hast die Situation nich' erfasst!«* *»Wie darf ich das verstehen?«*, er drehte sich um, *»Wer weiß denn davon? Hast Du schon mit jemandem darüber geredet?«* *»Nein – im Grunde nur mit Det – eventuell.«* *»Was heißt "eventuell"?«* *»Na, ich habe – ich hab' ihm – nur von dem Vorfall erzählt, nicht von meiner Vermutung.«* *»So, Du hast also eine Vermutung.«* Offenbar werden bei Kriminalisten alle Wörter auf die Goldwaage gelegt. Da er sich mit dem Umklappen der Buffettür beschäftigte, sah er wenigstens meine verzweifelte Stimmung nicht: *»Nein, es ist keine direkte Vermutung, bloß – eine Idee.«* *»Na also, dann vergiss' es.«* *»Sala, wenn hier wirklich ein System dahinter steckt, dann gibt es am 3. Mai den nächsten Toten – und der geht dann auf unser Konto!«* Leicht nach vorne gebeugt, neigte er den Kopf für einen Augenblick zu mir. Ob erstaunt oder betroffen ließ sich nur schwer einschätzen, denn es war – wie gesagt – nur einen Augenblick lang, da er sofort danach zwei kleine getönte Gläschen mit einer Flasche griff, die er zum Tisch brachte: *»Moment, Moment –«* *»Verstehst Du, was ich meine?«* Nachdenklich stellte er sie neben das Spiel und zog den korkenähnlichen Stöpsel. Ich ließ nicht locker: *»Wir müssen etwas unternehmen!«* *»Langsam, John, ganz langsam. Erstens ist bis zum Mai noch ein paar Monate Zeit, und zweitens, willst Du auch einen Cognac, einen echten?«* *»Hm? Nein, danke. – Weißt Du, ICH möchte NICHT für den Tod von jemand' Unschuldigen verantwortlich sein.«* Er setzte sich und hob seinen gefüllten Minischwenker: *»Und was stellst*

Du Dir vor, was wir tuen sollen ? Das Umfeld der Getöteten ausleuchten, die allesamt, wie Du sagst, ohne nachweisliche äußere Einwirkungen gestorben sind ? Mein Lieber, hier hört meine Phantasie auf.« Während er einen Schluck nahm, überlegte ich kurz: *»Notfalls würde es doch genügen, die Kreuzung zu sperren, an den Tagen. Zumindest solange, bis wir die Ursache gefunden haben.«* *»Dann erzähl' mir mal, wie Du eine Ursache finden willst«*, sagte er, stellte das verzierte Glas beiseite und lehnte sich am Sesselrücken an, *»es sei denn, Du hast insgeheim doch einen konkreten Verdacht.«* *»So konkret nicht. Ich hatte eher daran gedacht, man müsste mal irgendwelche Messungen durchführen, vielleicht gibt es unterirdische Wasseradern.«* Oh, das war es nicht: *»Wasseradern ? John, wir sind Polizisten und keine Wünschelrutenmagier. Mag ja sein, dass labile Menschen bei sowas schlecht träumen, wir aber sind normale Menschen, im gewissen Sinne Realisten. Wir müssen Beweise schaffen. Außerdem kennst Du meine Einstellung zu diesem Thema !«"*

„Aber wieso ?", bemerkt Cathleen, „Durchaus können Wasseradern oder Erd-strahlen Dinge bewirken, die wir gar nicht berücksichtigen." „Ja, ja – aber mach' das mal jemandem klar", John greift zur Plätzchenschale und hält sie ihr hin. „Danke. – Es gibt Staaten, da prüfen sogar Architekten vor der Planung, ob ihr Projekt im Einklang mit Geistern steht, ob an der Stelle welche wohnen." „Stimmt, weißt Du, – eh – ich gehe auch davon aus, dass es so etwas gibt, aber ich glaube nich' so ganz dadran. ..." Ein verwunderter Blick trifft ihn. „... Nich' so wirklich. Ja, klingt dumm. Entschuldige. Zumindest mal diese Dimensionen. Also, dass Wasseradern Unfälle verursachen können. Gut, dass muss jeder selbst wissen. Nein, ich hatte da eine ganz andere Vermutung. Eine viel schlimmere, ich wollte bloß Herrn Salmandrow nich' völlig schocken. Lieber erstmal austesten. Stück für Stück." Ihre Lippen bekommen ein Lächeln: „Das verstehe ich gut – andererseits, als Kriminalistin sehe ich eine Un-gereimtheit, etwas, was ich nicht verstehe." „So ?", er beißt eifrig in ein langes Waffelröllchen, „Was ist es denn ?" Sie zaudert für einen Moment: „Nun, ich frage mich, warum traf es offensichtlich nur einen ganz bestimmten Personenkreis zu einem bestimmten Zeitpunkt ? In sofern hast Du Recht, wenn Du natürliche Einflüsse ausschließt." Sein Röllchen zerbröselt: „Ja, genau", versucht er ablenkend zu reagieren, während er unauffällig die

Krümel von der Kleidung und dem Polster aufsammelt, „das ist der entscheidende Punkt. Die Sache mit dem Datum mag Zufall sein, aber die Zielgruppe ist wichtig. Bis auf den Techniker an der Ampel, waren alle Opfer alleine. Demnach gibt es keine Zeugen. Keine unmittelbaren, die mit in den Autos gesessen haben." „Findest Du nicht, dass das alles recht seltsam ist?" „Deshalb wollte ich ja wissen, was da los war. Schließlich hat alles seine Gründe – sagt man", mit einer Spur Unruhe erzählt er weiter, „Am nächsten Morgen schickte Herr Salmandrow mich nach Birkenbach, aber – wie Du Dir denken kannst – nicht wegen der Unfälle, sondern es ging noch immer um den dänischen Waffenhändler Stolgang. Ich hatte mir Marco ausgeliehen." „Ausgerechnet den Typ?", unterbricht sie abstoßend. „Ich weiß, damals war er allerdings noch nich' soo schlimm. Ich fuhr nun mit ihm durch das Neubaugebiet. Er kannte ja meine Absicht nicht, und die Ecke schien ihm zu gefallen: *»Echt, 'ne geile Gegend«* »Ja«, meinte ich, *»hier steh'n schon einige nette Häuschen.«* *»Für'n paar Mille«* *»Unter 80.000 ϕredas* ***** *wirst Du wohl keins kriegen«*, sagte ich ihm und suchte unterdessen die Straßenschilder ab, *»Schau' mal, ob Du irgendwo den 'Sylphidenweg' siehst.«* *»Rechts is' nur der 'Bachweg'.«* *»Hier ist 'In den Binsen', wir müssten vielleicht mal fragen – 'Im Teufelsgrund'«* Er schaute kurz zu mir herüber: *»Ich dachte, Du wars' schon mal hier.«* Die Bemerkung passte mir nicht. Schließlich sollte er weiterhin denken, wir würden noch im Waffenschmuggel ermitteln, damit Herr Salmandrow nicht von dem Abstecher erfuhr. Im Grunde stimmte es zwar, bezogen auf die angebliche Bekannte, dennoch versuchte ich es zu umgehen: *»Weißt Du, Berthold hatte das bislang gemacht. – Da hinten, links – die Häuser sehen neu aus; da müsste es sein.«* Er drehte sich unterdessen zur offenen Seitenscheibe: *»Wow – guck Dir mal die Kleine da an!«* Klar, dass er auch noch hinterherpfeifen musste." „Ja, ja", Cathleen nickt mit dem Kopf, „Marco hat schon immer für Peinlichkeiten gesorgt." „Ich bin vorsorglich abgebogen und ein klein wenig schneller gefahren. Er schien sich rasch wieder zu beruhigen: *»Ey, hier is' dieser Dingsweg!«* Ich sagte ihm, wir würden die Hausnummer 11 suchen. *»Ok, – 19, 17, 15, 'Am Hexenplatz', geil! ...«* Ich schüttelte nur den Kopf. *»... Das ging aber ab hier. – Ey, stopp mal, hier is' schon die 9.«* *»Was? Das gibt's doch*

***** ϕreda = atl. Währung; 1,00 ϕ ~ 1,05 € (Stand: 01.01.1999) *nich'«*, ich setzte den Wagen zurück. *»Hier is' die 11. Ouh, schick!«* *»Warte mal«*, sagte ich und fuhr noch ein Haus zurück. *»Die 15 is' auch fit.«* Und wo war die Nummer 13? Er schaute mich an, dann wieder zu dem Haus neben uns und dem weiter hinten: *»Echt, die fehlt wohl.«* Sie hätte genau da stehen müssen, wo die Straße 'Am Hexenplatz' einmündet. *»Vielleicht sin' die abergläubisch oder so'n Scheiß.«* Tja, ich fand auch keine Erklärung. Detlef sagte mir später, er hätte einmal gehört, dass die Ortsverwaltung auf Hausnummern mit 7 und 13 im gesamten Neubaugebiet verzichtet hätte. Wohl auf Druck der Bevölkerung. Die Flächen wurden entweder als Parkplätze, Grünanlagen oder Straßen genutzt, deshalb fiele das nicht sonderlich auf. Zudem meinte er, nur Zugezogene würden dort wohnen. Die älteren Bürger hätten nie gewollt, dass da gebaut wurde." „Und warum nicht?" „Keine Ahnung, Cathy, aber bei *den* Namen." „Das ist doch unsinnig. Ich hätte als Bürgermeister andere Bezeichnungen genommen." „Außer diesem 'Sylphidenweg' sind es ja nur die zwei Straßen 'Am Hexenplatz' und 'Im Teufelsgrund', die besonders auffallen. Außerdem, in anderen Orten findet man manchmal ähnliche Namen. – Naja, ich hatte es eines abends dann endlich mal geschafft, diesen Herrn Alhoger zu Hause anzutreffen. So schlimm schien er nicht zu sein, bloß die Situation war seltsam eigenartig. Ehrlich gesagt, die Spannung kribbelte in mir, etwas Besonderes zu erfahren, was auch immer, aber, als ich an der Haustür stand, hatte ich innerlich ein Gefühl, so, als sollte ich lieber wieder geh'n. Das Wetter war auch nich' grad' einladend: Sprühregen und kräftiger Wind. Ich überlegte, ob ich läuten sollte oder nicht, hatte aber bereits unbemerkt auf den Knopf gedrückt. Somit gab es kein Zurück. Die Sekunden zogen sich, bis er öffnete. Und dann, dann wusste ich plötzlich nicht mehr, was ich sagen sollte. Ich hatte einfach eine totale Leere im Kopf. Komisch. Es passiert halt mal. Bloß hier war es unpassend. Genau genommen: peinlich. Waren die Vorwarnungen der Leute schuld? Das dumme Gerede? Er schaute mich an. Ganz normal, wie jeder andere Mensch auch. Obwohl – naja; ich stellte mich kurzerhand als Journalist vor und fragte, ob er mir Auskunft zur Geschichte des Ortes geben könne." „Du und Journalist – aber John", amüsiert sich seine Zuhörerin. „Tja, was sollte ich denn machen? Es kam ein bisschen spontan." „Ja, ja, wir Kriminalisten", sie verzieht charmant ihre Mundwinkel. Er grinst lediglich, wobei er um Verzeihung bittend die Augen hebt, bevor er die Geschichte fortsetzt: „Er holte mich dann zu ihm 'rein und führte mich in ein kleines Zimmer. Ehrlich gesagt, ich hatte nicht damit gerechnet, ihn sprechen zu dürfen. Egal. Er wunderte sich, warum ich ausgerechnet zu ihm kam. Ich sagte ihm einfach die Wahrheit: *»Tja, man erzählte mir, Sie würden sich hier gut auskennen.«* Ein sehr schwaches verstohlenes Lächeln legte sich auf seine Backen. *»Sie leben allein' ?«* Zögerlich kam leise die Bestätigung, obwohl mich die Antwort genau genommen weniger interessiert hatte. Mir ging es im Grunde nur darum, irgendwie ein Gespräch zu formen. Er deutete mir an, gegenüber am Tisch Platz zu nehmen. Ich zog den Stuhl ab, wobei dessen Füße schabenderweise leicht über den schlichten Holzboden quietschten. Es war aber nicht dieses Geräusch, sondern ein dumpfes Klappern, was mich irritierte. Es klang, als ob man Porzellan in einen Schrank stellt. Irgendwo in der Wohnung oder über uns. Herr Alhoger bemerkte anscheinend meinen Seitenblick und beruhigte mich, indem er es auf den Wind schob. *»Wahrscheinlich«*, ich nahm wieder ihn in Augenschein; anstatt aber nach dem Waffenhändler und seiner Freundin zu fragen, reizte mich plötzlich ein anderes Thema: *»Eh, ich war vor kurzem im Neubaugebiet und da sind mir einige Straßennamen aufgefallen, ...«* Er wurde hellhörig. *»... z. B. 'Im Hexengrund' und 'Sylphiden–'«* *»T-T-Teufelsgrund«*, verbesserte er. Ich weiß nicht, ob ich schon seinen Sprachfehler erwähnt habe. Ich fragte gleich, woher die Namensgebung käme. *»Ich d-dachte es g-ginge um d-die G-G-Geschichte ?!«* *»Ja, natürlich – gehört das nich' dazu ?«* *»N-N-Nein !!«*, reagierte er abwehrend. Deftig abwehrend. Im ersten Moment war ich irgendwie so überrascht, oder beinahe eher ein wenig erschrocken, weil dieses "Nein" wirklich ungewöhnlich kraftvoll herauskam. Vielleicht auch ungewollt. Ich versuchte es zu überspielen, doch die Verwirrung wurde größer, als direkt darauf ein knarrendes Geräusch störte. Man hatte den Eindruck, als würde jemand leise eine Tür vom Nachbarzimmer öffnen. Ist ja nichts Außergewöhnliches – nur hatte er mir gegenüber doch behauptet, er wäre alleine. Logischerweise vergewisserte ich mich: *»Ist da jemand ?«* Im Nachhinein war meine Frage offenbar ein wenig unbedacht, im Grunde sogar unhöflich. Herr Alhoger schaute nicht rechts noch links, sondern ganz intensiv mich an. Seine Gesichtszüge veränderten sich merkwürdig. Dabei stand er auf und bat mich, zu gehen. Schade, dachte ich, zumal ich noch nichts über das Neubaugebiet erfahren hatte. Anstandshalber erhob ich mich ebenfalls: *»Ich wollte Sie nich' stören, ich – ich wollte nur ein paar Dinge über den Ort fragen. Es geht da um einen Artikel anlässlich der Entwicklung – also, wir könn'n die Straßen ja weglassen, wenn Sie – wenn Ihnen –«*, mit einem Male schien sich seine Unruhe auf mich übertragen zu wollen. Ganz komisch. Zudem kam ein Gefühl auf, als würde jemand über den Holzboden neben oder über uns gehen. *»Haben Sie Besuch ?«*, fragte ich. Weniger aus Neugierde, als aus einer Art Entschuldigung heraus. *»G-Gehen Sie b-bitte ! Sie sind k-kein J-Journalist, sondern P-Polizist !«* Ja, glaubst Du, ich war in dem Moment so perplex, dass mir kaum auffiel, wie er mich Richtung Flur drängte. Zumal ich gerade versuchte, das neuerliche sanft schlürfende Geräusch zu orten. Offenbar war es zwischendurch verstummt. Andererseits klang es, wie leichter Regen, der durch den Wind gegen Tür und Fenster gedrückt wurde. Wie gesagt, es war ein mieses Wetter an dem Tag. Den weiteren Wortwechsel habe ich leider nicht mehr in Erinnerung, vermutlich aber bin ich schweigend mit ihm die Treppe hinab zur Tür, denn dort, dass weiß ich genau, erkundigte ich mich, woher er meine Identität kenne. Er hingegen machte mit ungemütlicher Miene lediglich auf und sagte mir energisch ins Gesicht: *»R-Raus !!«* Ja, sehr energisch. Die Mimik tendierte zur Fratze. Abstoßend. Mir blieb also keine andere Wahl, als der Aufforderung Folge zu leisten. Damit sank die Chance, voranzukommen. Später im Auto kam mir ein Gedanke: Kurz zuvor, am Nachmittag, war ich doch mit Berthold in einer Gastwirtschaft wegen den Ermittlungen, und da muss dieser Alhoger unter den Leuten gewesen sein." Cathleen verzieht ihre Augenbrauen: „Peinlich." Unser Kriminalist stützt sich mit dem linken Ellbogen auf den Rand der Sofarücklehne, wobei er den Kopf in die betreffende Hand legt: „Ich frage mich nur, warum er mich überhaupt 'reingelassen hat." „Was war er denn für ein Typ ?" „Ja, hm. Weiß ich eigentlich nich' mehr so genau; etwa zwischen 60 und 70 ? Naja, egal. Herr Salmandrow hatte leider gemerkt, wie auch immer, dass ich wieder etwas Anderes tat. Daraufhin hat er nicht nur ordentlich schlechte Laune gekriegt, um das mal vorsichtig auszudrücken, sondern hat mich *so* beschäftigt, dass ich die Sache bald vergaß."

„Na", die nette Kollegin schließt ihre Augen zur Hälfte und intensiviert den Blick, „das kann ich mir von Dir nur wenig vorstellen." „Doch, doch", nickt er, „ich hatte da auch so eine Zeit, wo es mir nicht allzu gut ging und ich froh war, meine Arbeit einigermaßen erledigen zu können." Provozierend mitleidig wird er angesehen: „Oooh, hatte Dir Dein Blondchen Cheroly wieder Kummer bereitet?" Obwohl dieses Reizthema ihn stets leicht ansäuert, muss er dennoch lächeln: „Blondchen ist gut. – Das musst Du *ihr* mal sagen." „Lieber nicht", grinst Cathleen, „dann kannst Du es auf ewig vergessen." Unser Hausherr streckt sich: „War ja nur ein Scherz, so dumm ist sie schließlich auch nicht." „Du weißt, wie ich das gemeint habe." „Klar, aber außerdem kannte ich sie damals noch gar nicht." „Ich wette, heute auch noch nicht." „Stimmt, sonst würde sie – ach, vergiss' das jetz' mal."

Die Schwarzhaarige hebt leicht einen Finger und zeigt auf ihr Glas: „Darf ich noch einen Schluck zu trinken haben?" „Ja, Entschuldigung", nickt er, indem er schwungvoll aufsteht, „natürlich. Du darfst sogar *zwei* Schluck bekommen." „Danke", spielt sie, *„einer* reicht." „Ich werde ihn abmessen", schmunzelnd greift er die Glaskanne. „Wenn Du vielleicht ein bisschen Wasser hast, zur Abwechslung?" „Kein Problem, ich hole was", er dreht sich zum Sideboard, „Also, die Story geriet allmählich vergessen, bis dann im Februar letzten Jahres die Sache eine neue Dimension bekam. Ich hatte gerade im Büro in einer Akte geblättert oder dort etwas abgeheftet, als Herr Salmandrow eilig in den Raum kam: »Wenn Andrea gleich die Unterlagen hat, fahrt Ihr bitte zum Hafen, ich habe noch ein paar Dinge zu erledigen.« »Ich dachte, dass würde Det mit denen klären«, schaute ich ihn mit großen Augen an, indes er zielstrebig seine Schlüssel griff und sich die Jacke anzog: »Det? Nein, der ist doch im Seminar. – Was weiß ich, wie lange das dauert.« Ich glaube, mir fiel vor Erstaunen der Ordner auf den Tisch: »Na toll, und wie soll ich die Beweisliste für den Haftbefehl fertig kriegen?«, eine Antwort bekam ich nicht, dafür klingelte das Telephon: »Ich geh' schon 'ran.« Er war mir dankbar und nutzte die Situation, zu verduften. Ich winkte nur genervt hinterher. Der Anruf war für Detlef bestimmt, der glücklicherweise wie abgesprochen zu einer anderen Tür hereinkam und sofort den Hörer in die Hand gedrückt bekam: »Rosner!? — Ja. — Natürlich ja, kein Problem. Wo ist *das genau ? ...«* Unterdessen er telephonierte, beschäftigte ich mich wieder mit dem Ordner. *»... Direkt an der Kreuzung nach Birkenbach; das ist nicht zu übersehen. – Ja, kenne ich, bis nachher.«* Zunächst wusste ich nicht, worum es in diesem Gespräch ging, aber ich sah in Detlef eine Hoffnung, mich zu vertreten: *»Gut, dass Du noch gekommen bist.«* *»Was gibt es denn ?«,* fragte er ein wenig gestört und ging an seinen Tisch. *»Andrea bringt gleich die Daten für die Hafenpolizei.«* Während er in der Schublade kramte und einiges geschwind in seine Aktentasche steckte, fragte er beiläufig ziemlich desinteressiert, was *er* denn damit zu tun hätte. Ich antwortete sogleich: *»Na, die müsst IHR doch dort hinbringen.«* Seine Bewegungen gingen unbehelligt weiter: *»Nein, nein, nein«,* winkte er ab, *»ich muss jetzt weg, nach Birkenbach.«* Das durfte wohl nicht wahr sein ! Ich versuchte ein bisschen Druck zu machen: *»Sala will, dass noch heute Abend der Haftbefehl ausgestellt wird, und ich muss dem Staatsanwalt die Liste mit den Fakten vorlegen.«* Er erhob sich, nahm seine Tasche und stellte sie, mit beiden Händen festhaltend, vor mir auf den Tisch: *»Vergiss' es, John – ich bin sowieso nicht mehr lange bei Euch, ich gehe zur Mordkommission.«* Ungläubig legte ich meinen Ordner erneut beiseite: *»Ja nun, aber nich' gleich heut' nachmittag.«* *»Nichts aber«,* entgegnete er, sichtlich mit einem gedämpften Schmunzeln in den Mundwinkeln, nahm seine Tasche, klemmte sie unter den Arm und setzte sich in Bewegung, *»da draußen liegt eine Leiche, und ich soll mich darum kümmern.«* Das war echt der Hammer. *»Verdammte Leiche – hier geht's um Lebendige !«* Als er die Tür zum Flur hin öffnete, sah er kurz zwinkernd herüber: *»Tschüss, bis heute abend.«* Es langte mir; ich konnte mich doch nicht zerteilen ! Ihn amüsierte das bloß. Besonders weil ich anfing auszurasten. Er fand es scheinbar öfter amüsant, wenn ich mich ärgerte. Heute ist es nicht mehr so auffällig, aber an dem Tag war alles zum Durchdrehen.

Kaum war er zur Tür hinaus, kam Andrea mit den Unterlagen herein und staunte nicht schlecht, als ich vor mich hinfluchte: *»Ach, – alles nervt heute. Du musst übrigens allein' zum Hafen fahren !«* Noch bevor sie darauf eingehen konnte, sprang die dritte Zimmertür auf, aus der Berthold aufgeregt in den Raum stürzte: *»Ischt Det hier ?«* Der Luftzug riss glatt einen Teil Blätter von meinem Schreibtisch. Irritiert schaute ich in die neue Richtung, weil ich wissen wollte, worum es denn ginge. Auch Andrea hatte direkt einen Auftrag. *»Nischt alle auf einmal, bitte – alscho, wo ischt Det ?«* »Der hat sich verabschiedet«, deutete ich mürrisch an, derweil ich langsam meine Konzeptblätter vom Boden aufhob. *»Mann, der scholl tschu einem Leischenfund nach Birkenbach kommen«*, stöhnte er abgehetzt. Ich beruhigte ihn, Detlef wüsste es bereits. Berthold bückte sich, um mir zu helfen, dabei erzählte er, man hätte bei Baggerarbeiten einen alten Schädel gefunden. *»Na Mahlzeit«*, lächelte ich bloß und stauchte die Papiere zusammen. Mein Blick fiel auf Andrea, die ja auch noch im Raume stand. Vor uns. Mit einer Hand in die Hüfte gestemmt, wedelte sie gereizt ihren Packen Unterlagen auf und ab. Die passenden Worte verhallten ungeachtet, rapide, denn in meinem Kopf machte es KLICK. Vor lauter Frust war die gesamte Situation vollkommen an mir vorbeigerauscht. Sofort sprach ich Berthold an: *»Wo ist das mit der Leiche ? Det sagte was von einer Kreuzung ?«* Während Andrea scheinbar erneut auch sich aufmerksam machte oder es wenigstens versuchte, war mir seine Antwort tausendmal wichtiger: *»Isch glaube, dasch ischt da, wo man vom Ort tschur Umgehungschschtrasche gelangt.«* *»Bei Bauarbeiten ??«*, vergewisserte ich mich unnötigerweise, obwohl er es doch bereits erwähnt hatte. *»Hallo !! Ich rede mit Euch !«*, ein pfefferminzbeladener Hauchstoß schwoll mir von der Seite entgegen. Meine Ohren klappten sofort auf Durchzug. In dem Moment hatten andere Dinge Vorfahrt, da konnte Andrea Wurzeln schlagen. Ich drehte mich ein Stück von ihr weg, um die losbrechende Flut an Informationen coordinieren zu können, oder besser: sie zu kombinieren. Natürlich, das war wohlmöglich die Lösung ! *»So ein Mist !!«*, schrie ich hektisch vor mich hin, *»Warum hat mir das denn keiner gesagt ?!?«*. Ob Verzweiflung oder Erleichterung, jedenfalls raffte ich blitzschnell ein paar Sachen von mir, schob Berthold beiseite und jagte zur Tür: *»Mann, das darf doch nich' wahr sein !! Mist, Scheiße !!! Oh Mann !!!«* Im Hintergrund habe ich lediglich schwach seine völlig verwunderte Stimme gehört, als er wissen wollte, was denn mit mir los wäre, was ich denn hätte.

Erheblich größer war das Staunen seitens Detlefs draußen an der Kreuzung, besonders, als ich unerwartet neben ihm stand. Man hatte neben einem Schädel etwa eine Hand voll Knochen gef– nanu ?" Im Wohnzimmer ist es schlagartig dunkel geworden. Die zwei stark heruntergebrannten Kerzen erleuchten dürftig die verblüfften Gesichter unserer beiden. „Was ist denn nun, hh ?", fragt auch Cathleen irritiert. Am vorderen Sofaende versucht man eine Antwort zu finden: „Der Strom is' wohl ausgefallen – die Musik hat ja auch aufgehört." „Nicht schlimm. Im Dunkeln ist es doch gemütlicher. Normalerweise. ...", ohne sonderliche körperliche Regungen wechseln ihre Pupillen zu verschiedenen Zielen, bis sie bald zum Tisch schauen. Die Flämmchen flackern. Geisterhaft gesellen sich blasse Schimmer der Himmelsentladungen hinzu. „... Aber heute abend – hm, ist es ein wenig unpassend, findest Du nicht ?" Unser Gastgeber steht auf: „Ich hol' noch ein paar Kerzen." Ihre Blicke folgen ihm, bevor sie sich nach vorne dreht, zur offenen Glasschiebetür: „Das Gewitter zieht herüber. Siehst Du, wie es blitzt ?" „Es ist unüberhörbar", er öffnet eine Schranktür. Die vertraute Umgebung scheint sich ein neues Gewand überzustülpen. Entfernungen verschleiern ihre wahre Größe, mancher Gegenstand nutzt die Tarnkappe der nächtlichen Schatten. Anstatt eine Taschenlampe zur Hand zu nehmen, tastet John lieber die Fächer längs. Dabei purzelt das ein oder andere zu Boden, verschwindet ins Nichts. Der Wunsch, alles im Griff zu haben, wird rasch mit leichten Beulen quittiert, besonders, wenn die aufstehende Schranktür im ungewollten Kampf mit dem Schulterblatt sich als Gewinnerin erweist. Warum konzentriert er sich nicht auf seine eingeübte Orientierung ? Er kennt schließlich das Haus beinahe auswendig. Offenbar liegt es an der Nervosität, Perfektion zu beweisen. Ein gewisser Druck. Andererseits sollte man nicht verhehlen, dass die Stimmung deutlich unheimlicher wird. Nicht allein subjektiv. Es schwebt tatsächlich etwas im Raume. Ein Gefühl, was man nicht in Worte fassen kann. Jeder noch so geringe Hauch wird von der Haut bemerkt. Ob warm oder kühl, die Luft arbeitet. Unser Hausherr schließt das Fach: „Am Gewitter wird's nich' liegen", beruhigt er mehr sich selbst, „Wie Du siehst, unten im Centrum brennen die Lichter noch", auf dem Weg zum Sofa begegnet ihm eine Strömungen, durchmischt von Parfüm, Kerzenduft und leichtem Schweiß, „nur hier oben is' es dunkel – aber ich seh' grad', draußen auch, auf der Straße und in – huch! – Entschuldigung, ich wollte Deinen Fuß nich' abreißen." „Nicht schlimm, so schnell geht das nicht." Erheitert nimmt er Platz, legt die Wachslampen auf den Tisch und korrigiert direkt darauf seine Sitzhaltung ein Stückchen in Richtung seiner Besucherin. Sie scheint es, besonders anlässlich dieser Situation, durchaus als willkommen zu betrachten. Ein deutliches Anzeichen verrät ihre rechte Hand. Während die Erzählung fortgesetzt wird, gleitet diese lautlos einer Schlange gleich über das Polster. Immer ein Stückchen näher an die Hüfte des Nachbarn. Bis es zur ersten Berührung kommt. Sofort stoppen die Finger, doch die Sehnsucht bettelt um mehr Kontakt. Ganz sachte. Leicht und weich. Beinahe unmerklich. Jedenfalls für John: „Ja, da war ich nun bei Herrn Rosner an der Kreuzung. Er merkte, dass jemand neben ihm stand und erhob sich aus der Hocke. Als er zu mir 'rübersah, wäre ihm wortwörtlich beinahe sein Paffstängel aus dem Mund gerutscht: *»Was machst DU denn hier, ich dachte, es gäbe –«* Ich habe ihn gar nicht erst ausreden lassen: *»Warum hast Du mir denn nichts gesagt ??«* Scheinbar hatte er keine Ahnung, was ich wollte. *»Denk' doch mal an die Sache mit den Unfällen hier«*, ergänzte ich leise. Rasant huschte eine bedenkliche Strenge in sein Gesicht. Als wolle ein Orkan losbrechen. Mit gleicher Geschwindigkeit rupfte er die Pfeife aus den Zähnen: *»Was ?? Sag' mal, spinn' ich ?!? Du willst doch wohl nicht etwa behaupten –«* »Ja !«, schleuderte ich ihm sofort entgegen, *»diese Knochen da könnten die Ursache sein !«* *»Also John«*, er packte recht unsanft meinen Oberarm und nahm mich wohl wegen der Kollegen ein Stück beiseite, *»Jetzt hör' mir mal zu: Das hier sind MEINE Ermittlungen, MEINE ersten in Sachen Leiche ! Jetzt komm' Du nicht mit soetwas !«* Doch ich habe ja bekanntlich zwei Ohren: *»Meinst Du, die hat hier neulich einfach einer unterm Asphalt verscharrt, oder was ??«* *»Ich glaub' mich laust der Affe ! Du hältst das hier – tatsächlich — oha, ich – wir reden später darüber ! Nachher !«*, sagte er, drehte sich um und stapfte kopfschüttelnd zurück zur Fundstelle. Mich hat er im Schneetreiben einfach stehen gelassen, überhaupt nicht mehr beachtet, als wär' ich Luft. – Bestimmt schlechte. Sicher, er war sauer oder bloß aufgeregt, weil es das erste Mal für ihn gewesen war. Später habe ich ihn in unserer Kantine getroffen. Mittlerweile schien er sich beruhigt zu haben: *»Viel weiß ich noch nicht, John. Theoretisch müsste noch nach einigen Knochen gegraben werden.«* *»Zu diesem Zweck wird wohl sicher die Kreuzung gesperrt, oder ?«* *»Allfällig nicht. Wir haben den Schädel, voraussichtlich einen ganzen Arm und ein paar weitere Teile. Wenn wir Glück haben, genügt das für eine Identifizierung.«*

Bekanntlich hatte ich so meine eigenen Vorstellungen. Es sollte an der Kreuzung endlich Ruhe geben: *»Ich fänd's besser, wenn auch die restlichen Teile gefunden würden.«* Als Nachtisch stopfte er sich mal wieder sein feinpoliertes Lieblingsstück: *»Für die Obduktion ist das sicher besser.«* Ich schaute ihm ein Weilchen zu. Natürlich konnte ich mir eine Anmerkung in Bezug auf dieses Laster nicht verkneifen. Aber Du kennst ihn ja: *»Ist doch nur Pfeife.«* Bald ging es wieder um die Knochen. Mich hatte das etwaige Alter interessiert, denn sie sahen erheblich angegriffen aus. Er runzelte die Stirn: *»Der Polizeiarzt meinte allfällig 20 – allfällig auch 30 Jahre oder noch länger; das wird noch untersucht.«* *»So alt ?«*, ich wollte es beinahe nicht glauben. Während ich die nächste Frage stellte, vernahm ich eine Stimme, die mir leider sehr bekannt vorkam: *»Hier bist Du also, John !!«* Oh weih, ich kann Dir sagen, liebe Cathy; da hatte ich doch an jenem Tag eine Kleinigkeit vollkommen vergessen. *»Darf man mal fragen«*, kochte mein Chef vor Wut, *»wo die Unterlagen für den Staatsanwalt geblieben sind ?? He ?!?«* *»Der Haftbefehl – oh Mist !«* An dem Abend gab es noch schwer Ärger, weil durch einen dummen Zufall das Dokument nicht mehr rechtzeitig ausgestellt werden konnte." „Ich kann mir Herrn Salmandrow überhaupt nicht wütend vorstellen", merkt die brave Zuhörerin an. „Seit der Umstrukturierung ist er freundlicher geworden. Heute haben wir ein tolles Verhältnis, da gibt es eher mit Kollege Rosner schon mal Differenzen, wie Du ja weißt."

Nach wie vor sitzen beide im dunklen Wohnzimmer, lediglich die Kerzen spiegeln sich seitlich in ihren Augen. Seit ein paar Minuten hat John die warmen Finger an seinem Oberschenkel wahrgenommen, tut allerdings so, als wäre dies ganz normal. Einfach abwarten, was vielleicht noch alles kommt. „Mit Edi verstehst Du Dich aber blendend, oder ?", funkelt ein Lächeln entgegen. „Auf alle Fälle", er schielt zur Seite, „Besonders beim Thema "Cathy Wild" sind wir absolut einer Meinung." „So ? Tz, typisch !" „Ja, ja, ich weiß, "Männer", nicht wahr ?", gerade will er ihre zarte Hand mit seiner greifen, da fasst er ins Leere. Just im selben Moment hatte sie ihre weggezogen. Die begleitende Bemerkung übergeht er: „Zurück zu der Leiche: Ich hatte Det – eh – Detlef später noch ein bisschen ausgefragt, wo und in welcher Ebene die Knochen lagen. Leider gab es keine allzu genauen Angaben, da die Teile entweder durch die Baggerschaufel auseinander gerissen waren oder schon vorher verstreut lagen. Am nächsten Morgen machte ich mich auf den Weg, die Firma zu finden, die damals die Straße baute. Wie sich herausstellte, waren es mehrere. Demnach dauerte es ein Weilchen, um zu erfahren, wer für was zuständig war." Neben ihm derweil lehnt man sich ein Stückchen ans Kissen in der Ecke, schlägt ein Bein über das andere und legt entspannt die Hände in den Schoß: „Du warst also überzeugt, die Knochen hätten etwas mit den Unfällen zu tun?" „Sicher, schon – aber mir kamen dann wieder Zweifel. Was sollte ich machen, wenn trotz alledem die Unfallserie weiterging? Bei Det und Sala wäre ich bestimmt abgestempelt gewesen!", konzentriert auf ihre ratlose Mimik, führt er seine Hand zur Gebäckschale; doch auch dort ein Griff ins Leere: „Ich – ich war, ja, wie gesagt, bei der Firma –", unauffällig wird der Arm zurückgezogen; ein seitlicher Blick soll kontrollieren, ob tatsächlich bereits alles – überwiegend wohl von ihm selbst – aufgegessen wurde, „Die haben mir aber nur einen Abschlussbericht in die Hand gedrückt, mit allen Daten und Fakten. Du kennst ja diese Listen", er steht auf, um Nachschub zu holen, sie indes blinzelt flüchtig hinterher: „Du meinst die Projektschlussberichte mit Bildern und dergleichen?" „Genau. Und da las ich doch, dass am 3. Mai '95 ein Bagger umkippte und der Führer schwer verletzt später im Krankenhaus starb." Ein greller Blitzschein lässt beide zusammenzucken. Unser Hausherr wäre beinahe samt Tüte die zwei Stufen zur Sitzecke hinuntergestolpert. „Vorsicht! – Also wieder im Mai? Das ist aber sehr – das ist wirklich sehr ungewöhnlich, mh?", instinktiv nach Nähe suchend, beugt sie ihm den Oberkörper ein Stück entgegen, „Das ist schon beinahe wie ein Fluch, meinst Du nicht??" „Vielleicht waren die Knochen doch der Auslöser. Ich wusste selbst nicht, was ich davon halten sollte", er füllt die Gebäckschale auf dem Tisch und lässt sich dicht neben seiner Kollegin nieder. Schon wieder weht kühle Luft durch das Zimmer. Die Kerzenflammen reagieren prompt. Seltsamerweise scheint es nicht durch die Terrassentür zu kommen. Dafür der Donner. Ordentlich kräftig poltert er. „Soll ich zu machen?" Cathleen's Gesichtszüge verraten, dass auch sie gerade ein Gänsehautgefühl empfindet: „Nicht nötig. Noch nicht." Geschieht die spontane Abwehr aus Höflichkeit heraus oder aus dem Instinkt, warum auch immer, einen Fluchtweg zu behalten, obwohl das Böse in Form des Wetters sich draußen austobt? Über die Bergkette im Westen jedenfalls scheint es bereits geschwappt zu sein. Erste Regentropfen hört man auf die Steinplatten platschen. Ein sattes Geräusch. Dick. Aber keinesfalls aggressiv. Eher wie ein beruhigender Ausgleich. Ja, selbst die Flämmchen am Docht zappeln kaum noch. Ihre Positur gewinnt an Stärke. Fest und trotzig leuchten sie. Dennoch kippt die Stimmung unserer Freunde auf dem Sofa in ein anderes Extrem, in eine verwunderliche Stille. In Schweigen. Es mögen erst drei Sekunden sein, aber man schweigt. Oder lauscht? Es ist wie eine Mauer zwischen den beiden. Oder der erwähnte Abgrund von vorhin. Urplötzlich und völlig unbegründet. Eine Spannung, die sogleich für ein weiteres mulmiges Gefühl sorgt. Könnte vielleicht Verliebtheit im Spiel sein? Erste Anzeichen lassen sich durch zaghafte, unschuldige Freudenfältchen um die Augenpartien herum belegen. Obwohl es letztendlich zwanghaft wirkt. Mit einer Spur Machtlosigkeit. Der Tanz der Hormone könnte Schuld haben. Ein Feuer, was von den Kerzen zu den Herzen springt. Heute abend muss der Durchbruch gelingen! Im wahrsten Sinne des Wortes gibt sich unser Chefermittler einen Ruck, greift flink zu den frischen Plätzchen und nimmt als erster den Kontakt wieder auf. Anstatt allerdings ein Kompliment zu verschenken, setzt er lieber seine Geschichte fort: „Ja – eh – später im Büro gab es dann noch mehr Neuigkeiten. Ich hatte mich gerade erst zu Salantov gesetzt, als hinter mir die Tür aufsprang und –", seine Rede verstummt auf's Neue. „Ist was?", Cathleen zieht ihre Augenpartie zusammen, derweil unser Erzähler sich leicht zu ihr neigt: „Hast Du das auch gerade gehört?" „Dieses Schleifen?" „Ja. Als würde eine Tür über den Boden schaben. – Aber, es ist alles zu. Bis auf die zur Terrasse." „Ich glaube, dass kam auch von draußen. Irgendwo raschelt der Wind." „Wenn man einmal mit gewissen Dingen beschäftigt ist, dann hört und sieht man Sachen –. Also, zurück zu Sala und mir. Nein, Det war's. Er kam zu uns 'rein. Genau. *»Ah, John, Du bist da; das trifft sich SEHR GUT.«* Er betonte dieses "sehr gut" in einer solchen Art, dass ich zunächst einmal schlucken musste. Gott sei Dank bremste Salantov ihn umgehend: *»Du, ich brauch' John erstmal für mich.«* *»Oh nein, erst muss ICH mit ihm mal ein*

Wörtchen reden !« Ich verstand kein bisschen, was los war; jedenfalls am Anfang. Erst langsam schlich sich eine Vermutung ein. Im Vorbeigehen berührte Detlef kurz meine Schulter: *»Komm' bitte mal herüber zu mir«,* und steuerte sogleich den nächsten Raum an. Ich warf meinem Gegenüber einen ziemlich ahnungslosen Blick zu und folgte. Detlef bestand sogar darauf, die Tür hinter mir zu schließen. Na gut. Sogleich unterbrach er das Pfeifenlutschen, um deutlicher sprechen zu können: *»Kannst Du mir mal verraten, was das heute morgen sollte ?? Ich komme zur* General Construction, *da sagte man mir, es wäre schon jemand da gewesen. Und bei der* Devontaler Überlandbau *hat man mich gleich abblitzen lassen ! Wir hätten bereits die Unterlagen.«* Ich versuchte ihm zu erklären, warum, wieso und weshalb ich – aber er übertönte mich prompt: *»Du hast Dich nicht in meine Sachen einzumischen !! ICH leite die Ermittlungen !! Hast Du verstanden ?!? ICH !! – Wir haben ausgemacht, dass ICH Dich auf dem Laufenden halte ! – Also halte Dich da bitte 'raus !«* *»Meinetwegen«,* versuchte ich kleinlaut die Lage zu entschärfen. Er hat überhaupt nicht hingehört, sondern wollte sofort alle Informationen, die ich bekommen hatte. Verständlicherweise. Aber Du kannst Dir sicherlich denken, dass ich ihm nicht unbedingt alles gesagt habe." „Ja, ja", lächelt Cathleen, „das kennt man schon von Dir." Unser Hausherr zieht seine Augenbrauen hoch: „Wie meinst Du das denn jetzt ?" Eine entsprechende Gebärde als Gegenfrage muss die Antwort ersetzen. „Egal. – Als ich zurück zu Sala kam, ging es gleich weiter. Er hatte anscheinend das Theater mitbekommen: *»Na, das war eben sehr laut bei Euch.«* Ich hab' die Situation gleich mal 'runtergespielt, aber er is' ja nich' dumm: *»Hast Du Dich etwa in seine Ermittlungen eingehängt ?«* Ich versuchte es zu vertuschen und fragte, wie er gar auf diese Idee käme. Logischerweise ein Fehlschlag: *»Wo warst Du denn eigentlich heute morgen ?? Sag' nicht, dass Du schon wieder in dem Leichenfund geschnüffelt –«* *»Sala«,* sprach ich ihn behutsam an, doch: *»Du sollst das sein lassen !! SOFORT !!«* *»Fang' Du jetz' nich' auch noch an !«,* rutschte es mir spontan heraus. Salantov aber blieb sauer: *»Jetzt mal ernsthaft: Wenn Du Schwierigkeiten machst oder hier Mist baust, ist Ende !! KAPIERT ???«"* „Ist er wirklich so streng ?", Cathleen empfindet die Reaktion ein wenig übertrieben. „Ich sagte ja, heute nich' mehr so ganz, zumindest bei Det und mir. – An dem Abend kam Det dann noch zu mir nach Hause und brachte, soweit sie vorlagen, die Laborergebnisse mit.

Am nächsten Morgen ging ich direkt zu Salantov: *»Ich habe eine Bitte an Dich, – ich möchte mich für eine Woche beurlauben lassen.«* Er hob seinen Blick vom Schreibtisch und starrte mich irritiert, mit Anzeichen von Argwohn an: *»Wie bitte, was ist denn nun ? Das klingt nicht gerade nach normalem Urlaub.«* *»Richtig«*, sagte ich ihm ins Gesicht, *»Am besten, ab morgen.«* *»So schnell ?«* *»Ginge das ? Drei Tage genügen schon.«* Diese Eile in meinen Worten hatte mich wohl verraten. *»Sage mir lieber, was los ist.«* *»Ich muss einfach mal abschalten«*, versuchte ich mit Kopf und Händen zu verdeutlichen. Offenbar bin ich in manchen Dingen kein guter Schauspieler, denn die Ablehnung folgte prompt: *»Nein, John – vergiss' es !«* *»Dann möchte ich halt Urlaub ohne Bezahlung«*, versuchte ich es erneut. *»Das kommt schon gar nicht in Frage !«* *»Warum das denn nicht ??«* Er breitete die Hände rechts und links neben sich an der Tischkante aus und deute sich damit gemächlich nach hinten in die Rückenlehne seines Polsterdrehstuhles, verbunden mit schelmisch zuckenden Mundwinkeln: *»Weil Du Deinen Wunsch falsch definiert hast.«* *»He ?«*, ich verstand die Welt nicht mehr und näherte mich seinem Platz, *»W-was soll das denn jetz' ??«* Er löste die Hände und faltete sie ineinander, ohne mich dabei aus den Augen zu lassen: *»"Arbeitsurlaub" heißt das Losungswort. Bei Dir. Im Grunde habe ich natürlich nichts dagegen, aber – ich habe so den Verdacht, es geht um die Leiche ?«* Vermutlich verstummte ich zu lange oder es stand mir auf der Stirn geschrieben. *»Aha«*, sagte er, wobei er sich gebieterisch erhob, *»Siehst Du. Dafür kriegst Du keinen Urlaub !«* *»Sala –«*, ich stand noch immer ihm gegenüber, meine Finger umklammerten die Stuhllehne vor mir wie eine symbolische Schutzmauer. *»Keine Widerrede, das Thema ist gegessen. Haben wir uns verstanden ?«* Anfangs akzeptierte ich seine ablehnende Haltung, mehr oder weniger gerne, denn wie gesagt, nicht jeder zeigt für eine solche Sache Verständnis. Bloß so allmählich fand ich seine Art unschön, ja beinahe auffällig, mich an der Klärung der Unfälle zu hindern. Hatte er wohlmöglich einen echten Grund dafür, oder wollte er lediglich eine Blamage nach außen vermeiden ? Eventuell wollte er Detlef auch nur eine gerechte Chance geben, seinen ersten eigenständigen Fall erfolgreich absolvieren zu können. Für einen Moment sahen wir uns an. Seine Gedanken stimmten garantiert nicht mit meinen überein. *»Ich weiß, dass Du* *unzufrieden bist. Aber glaub' mir, ich weiß auch, was ich tue«*, ein Nicken bekräftigte seine Aussage, bevor er zum Kleiderständer in der Ecke abbog. Ziemlich enttäuscht sah ich ihm nach: *»Det wird wohl die Ermittlungen bald einstellen.«* *»Wie kommt's ?«*, fragte er, während er seine Jacke vom Haken hob. Leise versuchte ich ihm klar zu machen, dass die Leiche seit ungefähr 25 Jahren tot wäre. Ihn schien das wenig zu beeindrucken: *»Das haben Leichen so an sich«*, meinte er lapidar und schlüpfte in die Ärmel. Beim Anblick meines fragenden Gesichtes fügte er lächelnd hinterher: *»Na, tot zu sein !«* Freund Edward hätte darauf bestimmt mit "Witzbold" reagiert; mir lag der Sinn nicht für Späße. Ich fühlte mich gefoppt. Wirklich. Ich hatte langsam den Eindruck, er nahm mich überhaupt nicht mehr ernst. Ziemlich gebündelt verriet ich noch einige Fakten, denn lieber machte ich das, als das es aus Detlef's Mund käme. Rein vom Gefühl. So erklärte ich, bei der Toten handele es sich um eine etwa dreißigjährige Frau. Die genaue Ursache des Ablebens sei nicht mehr fest-stellbar, eventuell habe sie einen Schlag auf den Kopf bekommen oder einen Unfall gehabt. Mittlerweile schien er aufmerksamer zu zuhören. Mit beiden Händen in den Manteltaschen stand er vor mir. Ich erklärte ihm, wo die Leiche vorher lag, und wieso –" „Wo lag sie denn ?", unterbricht Cathleen. „Entschuldigung, stimmt – das habe ich Dir ja noch gar nicht gesagt. Sie kam aus dem Neubaugebiet in Birkenbach und gelangte im Zuge des Ausbaus zur Umgehungsstraße –", ein Poltern lässt unseren Erzähler stocken. Parallel dazu schleicht eine erhebliche Kühle um den Tisch herum. Während die linke Kerzenflamme sich hilfesuchend emporräkelt, droht der rechten dürftigeren das letzte Stündlein zu schlagen. „Was ist das ?", Cathleen's Mimik tendiert zur Entgeisterung, John erhebt sich: „Es kam von draußen. Diesmal eindeutig." Da ! Wieder rumpelt es. Ein Kullern, dass mit einem deftigen PLONG endet. Recht nah. Die junge Dame verfolgt aufmerksam, wie unser Gastgeber zur offenen Glastür strebt. So ganz geheuer ist ihr nicht zu mute. Ihm geht es ähnlich. Ein flüchtiger Blick in das regennasse Dunkel dient mehr dem Anstand, als der eigenen Überzeugung: „Vermutlich hat der Wind irgendwas um die Ecke geweht. Ich mache mal lieber die Tür zu. Das Gewitter wird stärker. – Zurück zu unserer Story: Wo war ich ? Ach ja, ich hatte mit Sala gesprochen. Ehm – es ging darum, dass am Abend eventuell eine Computerrekonstruktion des Gesichtes – soweit machbar – zur Verfügung stehen würde", bei der Rückkehr zum Sofa streift nochmals der Blick quer durch das Zimmer bis zum Garten hinaus, „Vielleicht sogar von der gesamten Person, dann würden wir mehr wissen. Er meinte, wenn die Ergebnisse brauchbar wären, ließe sich die Tote wohlmöglich noch identifizieren. *»Ich hoffe nur, dass die Serie der Unfälle damit aufhört«*, sagte ich zu ihm. *»Ja richtig«*, seine Gesichtszüge hellten sich auf, *»wir haben schließlich tatsächlich eine Art "Ursache" gefunden. – Obwohl, sprachst Du nicht von Wasseradern oder dergleichen ?«* *»Vergiss' es, ich wollte Dich nur damals nich' mit meiner Theorie schocken.«* *»Du bist mir der Richtige«*, nickte er jovial, schielte zur Wanduhr und wollte gehen, aber er hielt noch einmal inne, wobei er mit seinem Zeigefinger auf mich zielte: *»Ich bin auf Deine Erklärung gespannt, wenn es im Mai wieder ein Unglück geben sollte.«* Langsam bekam ich den Eindruck, er machte sich über mich lustig. Selbst wenn es echte Zweifel waren, ich konnte leider mit keiner tröstlichen Antwort aufwarten: *»Wir werden sehen. Viel interessanter finde ich, dass angeblich niemand im Raum Birkenbach oder Umgebung vermisst wird, auf den unsere Ergebnisse zutreffen. Det hat sämtliche Akten durchforstet. Sagt er zumindest.«* *»Wenn er das sagt, dann hat er es auch getan. Da bin ich mir sicher. – So, ich habe einen Termin.«* *»Ja«*, ich schaute zu seinen Füßen und wieder zurück, *»Ginge es nicht trotzdem, die Spur irgendwie zurück zu verfolgen ? Ich meine, die Leiche muss doch irgendwoher stammen. Es ist doch eine Person, die – auf welche Weise auch immer – gestorben ist.«* *»Nein, John, irgendwo ist eine Grenze ! Tote brauchen ihre Ruhe. Du entschuldigst mich«*, im gleichen Atemzug wandte er sich zur Tür. Ich huschte sofort neben ihn: *»Das hat doch nichts mit den Knochen da zu tun ! Bei jedem Mord werden Ermittlungen durchgeführt ! Und warum jetz' nich' ??«* Er blieb stehen. Sein Blick wurde unangenehm: *»Wer spricht von Mord ? Es geht in Eurem Fall um einen Unfall. Noch nicht einmal mit Todesfolge, denn nach amtsärztlichen Gutachten verstarb der Verursacher vorher.«* *»Ich rede von der Leiche drunter !«* *»Ja, die liebe Leiche. Zu Deiner Information: So wie ich das verstanden habe, lag das Skelett lange Zeit IN der Erde. Folglich handelt es sich um eine Art Grab, was da draußen im Wald dem Reden nach nichts Ungewöhnliches sein soll. Es ist nicht das erste wilde Grab. Glaub' mir. Dann ist es dummerweise aufgeladen worden und verbaut worden. So. Und deshalb bin ich der Ansicht, wir lassen die Dinge wie sie sind. Falls Det wirklich noch etwas findet, ist es gut, ansonsten ist es auch gut. Haben wir uns verstanden ?«*

44

»*Nein, gut ist das überhaupt nicht!*« Mit einem stillen Seufzer kehrte er mir den Rücken zu und öffnete die Tür. Ich konnte diese Gleichgültigkeit nicht nachvollziehen. Es ist doch unsere Aufgabe, jeder Ursache auf den Grund zu gehen. Jedenfalls soweit wie möglich. Vielleicht waren alle Möglichkeiten tatsächlich ausgeschöpft und ich lediglich so verbohrt, weil ich der festen Meinung war, es müsse einen Zusammenhang geben, zwischen dieser Toten und den Unglücken. Salantov war bereits im Flur, als ich ihm nachrief: »*Es gab übrigens schon im Neubaugebiet einen Toten!*« Sichtlich gereizt hielt er an: »*Und was möchtest Du damit sagen?*« »*Bei Aushubarbeiten. Ich überlasse Dir selbst, eine Brücke zu schlagen, ok!?*« Die einzige Reaktion war, wie Detlef sich geäußert hätte. Nichts hatte er geäußert, denn ich hatte es ihm schlicht verschwiegen. »*Wenn er die Sache beendet, ist sie zu Ende. Für mich auch. Das ist mein letztes Wort!*«, womit er mich alleine ließ. Nein, für mich war die Sache keineswegs zu Ende, sie fing erst richtig an!"

Ein greller Blitz in Hausnähe lässt unsere beiden auf dem Sofa zusammenfahren, oder der unmittelbar folgende Donnerknall. Jedenfalls herrscht für Sekunden Weltuntergangsstimmung. Cathleen wird es ordentlich warm im Rücken: „Das war recht nah. Bestimmt in der Nachbarschaft." „Ich denke mal auch", murmelt unser Gastgeber verschüchtert, derweil er auf die erloschene rechte Kerze starrt. Orangeglühend verdampft der letzte Atem des Dochtes. Das ansonsten gemütliche Schauspiel wirft für ihn dunkle Schatten. Bewegt er sich noch auf dem Pfade des Vertretbaren? Vorhin eine Gänsehaut und jetzt diese Parallele: Zwei Lichter, stellvertretend für ihn und seine Kollegin, starten fröhlich ihr Beisammensein, bis er beginnt, über Dinge zu sprechen, die wohlüberlegt sein sollten. Aus dem freudigen Tänzeln wandelte sich ein Flackern bis es gänzlich erstarb. Obendrein traf es die ihm näher stehende Kerze, obwohl sie noch die gleiche Länge besitzt wie die andere. Das bedenkliche Gewitter liefert den nächsten Punkt: War der Blitz eben die allerletzte Warnung? Bedeutet es, beim nächsten Mal schlägt es ein – oder ist es bereits zu spät? Die Brücke zur Umkehr eingestürzt? Was ist Zufall, was Aberglaube??

Jedenfalls keine Spinnerei bleibt das Plätschern draußen. Ja, es schüttet kräftig. Einzelne Windboen treiben die Tropfen bis zur Glasscheibe, trotz Dachvorsprung und Markise. „Es kommt mal wieder vom Meer her", stellt die junge Dame fest, „da ist es oftmals recht heftig." „Eigentlich ist es von dort drüben gekommen, von den Bergen. Aber es stimmt, es scheint sich zu drehen." Das Zucken wird zum Flammen; die Donnerschläge geben sich die Hände. Starker Regen lässt die Lichter der Innenstadt verblassen. „Schlimm sind auch die morgendlichen Gewitter; die verderben den ganzen Tag", John beginnt unruhig den Wachsstummel gegen eine neue Kerze zu tauschen, „Am harmlosesten sind solche, wo die Blitze von Wolke zu Wolke springen, also als Höhengewitter. Manchmal sieht man es an mehreren Ecken gleichzeitig blitzen oder aber die Blitze sind aufgespalten." „Die Natur ist interessanter, als wir denken", Cathleen rutscht erneut ein Stückchen dichter, „Leider ist es vielen Menschen in der Welt egal. Tagtäglich. Sie machen so viel kaputt, Hauptsache sie kriegen Geld dafür." „So ist das. Und dann sagen sie, wenn ich genug hab', geh' ich ins Ausland. Aber die Leutchen dort denken genauso. Folglich: Pech gehabt!" „Und – wie geht es weiter?" „Es ist ein Kreislauf, der nicht mehr zu stoppen sein wird. Die Spirale des Todes." „Nein, das meinte ich jetzt eigentlich nicht", lächelt sie. Er unterbricht seine Tätigkeit, um zu ihr zu sehen. „Ich hatte an Deine Geschichte gedacht." „Ach so. – Ja, klar", mit einer leichten Windung presst er die neue Kerze in die Glashalterung, „Entschuldige." „Warum entschuldigst Du Dich immer?", sagt sie, beinahe in einem Flüsterton. Er blinzelt erneut zu ihr. Ihr Lächeln schwankt zwischen amüsieren und trösten. Ja, ja. man kennt das. Ein eindeutiges Zeichen. Es wird nämlich eher das erstere gemeint sein. Gewiss ohne böse Absicht. Die sogenannte Erheiterung. Na gut, dann soll wenigstens sie ihren Spaß haben, denn ihm die Lust am Abend gänzlich vergangen. Angstkreise beginnen sich enger zu wickeln bis sie gar schnüren: „Ehm, ja. Ich – ich weiß nich', ob der Rest wirklich so spannend is' – ich mein', so interessant ist." „Doch. Warum nicht?" „Ich kann es Dir ja auch ein and'res Mal erzähl'n", vergeblich probiert er das Feuerzeug zu zünden, lediglich ein mächtiger Funkenball versprüht beim Drehen, „Is' das schon leer?" „*Eine* Kerze tut es doch auch, hm?" „Bist Du sicher?", er dreht wieder den

Kopf zu ihr. Trotz des extrem faden Lichtes, sieht man ihre Mundwinkel sich leicht anspannen: „Nein. Sicher bin ich mir nicht." „Vier oder fünf wären garantiert schöner." „Du sagst es", muss sie gestehen, „Aber ich bin glücklicherweise nicht alleine, hm ?" „Da hast Du Recht. Falls wirklich mal ein Blitz auf Deine schönen Haare fallen sollte, werde ich ihn rasch entfernen, ok ?" „Hhh, Du !", verspielt tapscht sie mit der Hand gegen sein Bein, „Das werde ich noch selbst können. Ich bin schließlich alt genug." „Stimmt. Und selbstbewusst." „Selbstbewusst", wiederholt sie verspielt langsam mit aufregend großen Augen in Anlehnung früherer Bemerkungen, „Natürlich." „Und obendrein bei der Polizei, wie ich gehört habe. Ja, ja; notfalls verhaftest Du das komplette Gewitter", mit entsprechender Fingerbewegung legt er ein freches Grinsen auf, „Behinderung einer Amtsperson bei der Ausübung einer hochbrisanten geheimen privaten Tätigkeit – niederen Niveaus –" „Du Flegel !", es folgt ein weiterer neckischer Klaps. „Ich glaub', ich muss mich mal bei Deinem Chef beschweren !", mit beiden Händen beugt er einem eventuellen weiteren "Angriff" vor. Das Gewitter derweil haut ordentlich auf die Pauke. Es kracht, dass die Scheiben vibrieren. „Das kommt davon, weil Du mich schlägst !" „Duuu !", zieht sie kess in die Länge, „Du hast das Wetter absichtlich bestellt. Nur um mich einzuschüchtern !" „So ?" „Ja. So bist Du. – Aber eine Fee lässt sich nicht einschüchtern." Was für Worte. „Du bist also eine Fee ?" „Ja." „Eine echte ?" „Wer weiß." „Höchstens "*minin*"." Irritiert begradigt sie den Nacken: „Mh ?" „Ja, *Fe*-minin. – Nein, nicht wieder schlagen !" „Ohhhh ! Denke Dir Edi's Lieblingswort !" „Danke", lächelt er, bevor er erneut zum Feuerzeug greift. „Warte mal", sagt sie, rutscht nach vorne, fasst die Kerze samt Ständer und hält den Docht über den brennenden zweiten, „So macht man das. Das ist halt der Unterschied zwischen Euch Männern und uns Frauen. Theorie contra Praxis, hm ?"

Endlich eine lockere Atmosphäre. Ein Spaß übertrumpft den nächsten, bis die junge Lady – im Grunde unbeabsichtigt – erneut das Gespräch auf die Erzählung lenkt. Wie es halt so herausrutscht. Das Funkenknistern erstarrt zur knackenden Eiswand. Sicher übertrieben, aber die Harmonie flacht spürbar ab. Jedenfalls bei John. Während er versucht von den Erlebnissen abzulenken, beginnt sie – wenn auch spielerisch – darauf zu beharren. Seltsamerweise immer stärker. Da hilft selbst kein besorgtes Schlucken. Gierig wild ranken unterdessen die Kerzenflammen empor. Angestachelt durch jeden Hauch von Bewegung. Aus dem Lebenslicht wird ein Höllenfeuer. Cathleen's Augen gleißen besessen zurück. Ihr Mundzug wirkt verhext und die gebündelten Reflektionen des Amulettes blenden lähmend: „Was ist?" „Nichts – nichts", unser Geplagter reißt sich zusammen. Das Gewitter tobt. Draußen wie im Herzen. Wenn sie erst merkt, in welcher Krise er steckt, dann hat er haushoch verloren. Bloß nicht. Sie ist kein Teufelchen. Nein, nein. Alles nur Wahnvorstellung. Bestimmt. Ja, natürlich. Sie ist die liebe brave Cathy, die gute Fee, die an seiner Seite sitzt. Vielleicht hat sie bei dem Wetter mehr Furcht als er, mit dem Unterschied, das sie es besser versteht, damit umzugehen. Oder sie hofft auf ihn. Auf einen starken Mann. Bloß mit dem Starksein ist das so eine Sache. Manchmal kann Schwächezeigen auch Stärke bedeuten. „Du siehst so nachdenklich aus. Habe ich etwas Falsches gesagt?" „Nein", rapide schaut er ihr wieder ins Gesicht, „es waren bloß verschiedene Gedanken, die – ach, entschuldige. Bis wohin hatte ich denn erzählt? Bis zum Photo?" „Du hattest gesagt, dass die Leiche aus der Neubausiedlung stammte." „Ja. Gerade aus jener Gegend, die so eigenartig benannt wurde. Du kannst Dir vorstellen, was da für Phantasien aufblühen. Und wenn jemand den ganzen Zusammenhang erfährt, dreht er am Ende noch durch. Verstehst Du, warum ich zum Beispiel Edi da 'raushalten musste?" „Dabei finde ich das hochinteressant. Ehrlich", ein betontes Kopfnicken soll zur Fortsetzung anspornen, „Hat Herr Rosner oder Herr Salmandrow noch etwas unternommen?" „Wie gesagt, die steh'n der ganzen Sache ziemlich skeptisch gegenüber. Sagen sie zumindest." „Aber wenn die Beweislage eindeutiger wird?" „Fragt sich, wie der Staatsanwalt oder besser die Richter entscheiden würden. Ganz zu schweigen von der Öffentlichkeit. Insofern ist es schade, dass Du damals noch nicht bei uns warst. Aber egal. Ich war jedenfalls auf die Computerrekonstruktion gespannt. Naja, sie war diesmal nicht sonderlich gut gelungen, dennoch war das Gesicht einigermaßen brauchbar. Obwohl es mehr einem Phantombild glich. War es ja im Grunde. Die junge Frau, um die es sich handelte, wurde um die dreißig eingeschätzt. Auffälliges Merkmal, ihr fehlte vorne ein Zahn. Das is' ja ansonsten nichts Dramatisches, bloß – dieses Bild erinnerte mich an jemanden. Gerade weil der Zahn so markant war. Folglich musste er schon vor dem Ableben gefehlt haben. Ich wusste nur nicht mehr, wer das war oder wo –" „Em, wenn ich unterbrechen darf, sagtest Du nicht, diese Person wäre schon lange tot ? Woher ..." „... ich sie gekannt habe ? Das hatte ich auch überlegt. Jedenfalls konnte es nicht persönlich sein. Mehr von einem Photo oder Gemälde her. – Am gleichen Abend fuhr ich noch nach Birkenbach zu Herrn Alhoger; erwartungsgemäß war er wieder nich' da. Daraufhin ging ich in der Nähe in eine Kneipe. Für diese Zeit war sie recht leer. Lediglich ein älterer Herr saß an der Theke, wechselte ein paar Worte mit dem Wirt. Ich sprach mal gleich beide an: »*Guten Abend zusammen, verzeihen Sie, wenn ich störe, aber kennen Sie einen Herrn Alhoger ?*« Der Wirt nahm sein Tuch von einem abgewaschenen Glas und schaute herüber: »*Und ob !*« Der andere drehte sich ebenfalls zu mir. Ich ging bis zur Theke und blieb neben ihm stehen: »*Wissen Sie, wo er ist ?*« »*Ach*«, sagte er, mit einer Hand gelangweilt abweisend, »*de treivt sich imer irgendwo herum. Wat wolen Se denn van üm, jung Mann ?*« »*Es geht um die Geschichte des Ortes*«, erklärte ich, in der Hoffnung eventuell eine brauchbare Information zu ergattern. Der Wirt, ein neues Glas ins Spülwasser tauchend, fragte sofort: »*Vielleicht können WIR Ihnen helfen ?*« »*Es is' im Grunde nur 'ne Kleinigkeit. Mich interessiert die Herkunft der Straßennamen 'Im Teufelsgrund' und 'Am Hexenplatz'*«, gab ich ziemlich konkret zur Antwort, indem ich mich auf einen Barhocker neben dem älteren Gast setzte. Der trank gerade den letzten Schluck Bier aus und stellte sein Glas ab: »*Da giwt es kein Erkläring, dat is so, und wenn Se schlau sin', say ik Iin, hören Se auf, nachzuforschen !*« Kaum beendete er seine Worte, nickte er bekräftigend dem Wirt zu, erhob sich und steuerte den Ausgang an. Ich verstand die Haltung zwar nicht, er hingegen meinte: »*Vergeten Se's einfach !*«, womit er den Raum verließ. Mein erstaunter Blick schwenkte zum Wirt hin. Der legte sein Tuch beiseite, neigte sich zu mir herüber und stützte sich auf seine verschränkten Arme: »*Nehmen Sie es nicht so genau, aber man erzählt sich üblicherweise so Geschichten im Ort. Möchten Sie etwas trinken ?*« »*Eh – eigentlich, ja vielleicht doch, natürlich – einen Fruchtsaft bitte*«, ich konnte schließlich nicht unhöflich sein, ferner klang es an, als ob er Ahnung davon hätte. Beim Zubereiten des Mischgetränkes plauderte er ein wenig: »*Die älteren Leute würden niemals da 'raus ziehen*«, leiser ergänzte er in einem unheimlichen Ton: »*Man sagt, es würde dort spuken – und so Scherze.*« Das fand ich natürlich äußerst spannend, er aber lächelte: »*Ich wohne selbst dort, und bis heute hat es kein ein Mal gespukt!*« »*Das wäre wohl auch nicht mehr ganz zeitgemäß.*« »*Sagen Sie das nicht. – Ihr Saft. ...*« »*Danke*«, bestaunte ich das Getränk. Es wirkte richtig fruchtig trüb, nicht wie die Säfte aus den Kartons. Allerdings die rötliche Farbe fand ich plötzlich unpassend. Vielleicht war Blutorange darin. »*... Was meinen Sie, was früher hier so für Geschichten 'rumgingen*«, fuhr er fort, während er sich an einen Holzbalken lehnte, »*Ich weiß noch genau, so ein Jahr, bevor wir bauten, lebten wir schon hier. In unserer heutigen Nachbarschaft stand ein Obstbaum und zur Erntezeit ist jemand da 'runtergefallen und war tot. Genickbruch oder sonst was. Na, da gingen vielleicht Gerüchte um: >DER BAUM IST VERFLUCHT<, >WER DORT ERNTET IST ES SELBST SCHULD!< und dergleichen.*« »*O la la!*«, sagte ich und nahm zunächst angewidert einen Schluck von dem Saftgemisch, wo ich bis heute noch nicht weiß, woraus es war. Obwohl es perfekt geschmeckt hat. Absolut. Hinter der Theke hob man derweil einen Finger: »*Ja, den Baum hat niemand sonst geerntet. Jetzt ist er weg, und es steht ein Haus darauf.*« Ich überlegte einen Augenblick, schaute dann wieder zu ihm: »*War der Unfall im August?*« »*Mmh*«, verzog er den Mund und stierte einen Moment lang zur Zimmerdecke, »*ja, kann sein, kann nicht sein – so Mitte –*« »*Am Zweiundzwanzigsten?*« Er zögerte: »*Mh, gut möglich, weiß ich nicht.*« Ich legte noch eins drauf: »*Und die Frau war Anfang dreißig?*« »*Nein, es war ein Mann.*« »*Ein Mann?*« »*Wieso fragen Sie?*« Ich griff schnell zu meinem Glas: »*Nichts von Bedeutung. Aber nur weil mal jemand vom Baum fällt, muss der doch nicht gleich verflucht sein.*« »*Nein*«, er neigte sich nochmal zu mir, »*diese Gerüchte gab es doch schon vorher. Und gerade weil derjenige 'runtergefallen ist, war das für einige eine Bestätigung.*« »*Is' ja 'n Ding.*« »*Eben. Alles Spinnerei. Glauben Sie mir. Manche sind so beschränkt, die leben noch im vorigen Jahrhundert. Immer wieder gibt es Vorfälle, die zunächst seltsam sind, wenn sich's aber aufklärt, dann –*« »*Was ist denn mit dem Baum passiert? Sie sagten, da würde jetzt ein Haus drauf stehen?*« Der nachfolgende Wortwechsel bestätigte den Verdacht: Der Aushub von jenem Grundstück wurde mit für den Bau der Umgehungsstraße verwendet." Cathleen legt ein leicht triumphierendes Lächeln auf ihre Lippen: „Und Du warst wieder einen Schritt weiter."

Nach wie vor lastet eine schwere Dunkelheit im Wohnzimmer, wenn nicht ausnahmsweise von der Straße zur Vorderseite der Schimmer vorbeifahrender Scheinwerfer die Gardinen spärlich erhellen. Denn selbst die gewaltigen Entladungen des Himmels legen momentan mehr Wert auf Qualität als Quantität. Grell und laut präsentieren sie sich. Bis die Finsternis mit ihrem Mantel rasch die Spuren verwischt. John tauscht die zweite Kerze. Unterdessen schildert er die nächsten Erlebnisse: „Nachdem ich die Wirtschaft verlassen hatte, versuchte ich es nochmals am Haus von Herrn Alhoger. Ein Licht im Fenster gab mir Hoffnung. *»Sie schon w-wieder? K-Kommen Sie r-ruhig 'r-rein, d-die T-Tür ist immer offen, w-wenn ich d-da b-bin.«* Seltsam, offenbar war ich willkommen. Über die knarksende Holztreppe stiegen wir nach oben. Ich fragte, ob er denn keine Sorge vor Dieben hätte. Nein, hätte er nicht, ihm könne nichts passieren. Was auch immer er damit meinte. Nebenbei, es fiel mir erst später wieder ein, hatte er angeblich schon mit meinem Besuch gerechnet oder mich erwartet. Naja, wir nahmen in der selben gemütlichen kleinen Stube Platz, wie letztes Mal. Den Begriff "gemütlich" möchte ich allerdings lieber einmal in Anführungsstrichen setzen. Es war offenbar der Essraum. Als wir uns am Tisch gegenübersaßen, hatte ich das Gefühl, Herr Alhoger hatte sich verändert. Sein Wesen schien unsortierter. Nicht unbedingt verrückt, sondern – sondern eher abwesend oder – ich weiß nicht, wie ich es definieren soll. Eine Art Trancezustand? Mag übertrieben sein. Ich will damit nur ausdrücken, es war so, als wäre er nicht er selbst. Irgendwie unheimlich. Hinzu kam die schwache Beleuchtung und das spärliche Mobiliar. Alles wirkte kühl, kahl – einsam. Eine separate Welt in der Welt. Ob es letztlich an dem alten Haus lag oder dem vielen rohen Holz, ich habe keine Ahnung. Jedenfalls konnte man nicht abstreiten, dass er arm war. Doch Armut bedeutet nicht gleich Unbehaglichkeit. Nein, es ging um etwas anderes. Es war wohl vielleicht nicht er, der dieses unbeschreiblich beklemmende Klima erzeugte, es war mehr das Umfeld. Es waren die Wände samt Decke. Ja, die ganze Luft schien mich erdrücken zu wollen. Wie ein Arm umschloss es meinen Bauch. Vielleicht lag es daran, vom Prinzip her doch relativ unerwünscht zu sein. Andererseits sollten die Nachforschungen weiter gehen.

Er musste mehr wissen, als er mir gegenüber zugab. Und ich wollte endlich einen Erfolg, ein Ende der Sache: *»Bitte seien Sie doch so nett und sagen mir, wieso im Neubaugebiet die Straßen so seltsame Namen haben. Was ist denn schlimm daran?«* Seine Augen wurden größer. Er hob leicht zittrig eine Hand, beinahe wie eine Warnung: *»M-Machen S-Sie sich ni-ni-nicht ungl-lücklich!«* Sein Stottern steigerte sich. Ich hatte den Eindruck, er hatte Angst. Viel Angst, bloß wovor? –" „Dass er Dich überhaupt hereingelassen hat", wundert sich Cathleen. „Tja, darüber hab' ich auch gestaunt. – Nun, ich blieb hartnäckig, um nicht zu sagen stur. Schließlich willigte er ein und erzählte mir ziemlich fahrig von einer Frau, die der Sage nach außergewöhnliche Fähigkeiten hatte und in jener Gegend des Neubaugebietes ihre Rituale abgehalten haben soll. Daher stamme der Name 'Am Hexenplatz'. Von den anderen Straßen sagte er nichts." „Das wird ja immer verrückter." „Das dicke Ende kommt noch, denn so einfach konnte das nicht gewesen sein. Immerhin fehlte jede Besonderheit. Sagen gibt es viele. Nein, so nicht. Nur wie konnte ich unterscheiden, was Lüge und was Wahrheit war? Lüge war vermutlich die Sache mit der Frau – mehr oder weniger, denn Wahrheit war auf alle Fälle sein Verhalten, seine Nervosität. Ich konnte mir nicht vorstellen, dass es ihm peinlich war, derartige Geschichtchen zu erzählen, zumal viele im Ort diese Ecke argwöhnisch ansahen. Da musste ein anderer Hintergrund im Spiel sein. Wie aber bringt man jemanden zum Reden, der nicht will?" Die junge Lady setzt ihr Trinkglas ab: „Das Problem haben wir bei Ermittlungen immer." „Natürlich", unserem Erzähler entfährt ein leichter Seufzer, „Dienst bleibt Dienst. Folglich hatte es weiterzugehen. Und das tat es auch, und zwar heftig: Ich entdeckte plötzlich – sagen wir: einen Gegenstand, der mich sofort an etwas erinnerte. Wie auch immer, ich sah darin eine Chance. Hinter Herrn Alhoger an der Wand hing nämlich ein kleines Portrait. Trotz des diffusen Lichtes erkannte ich das Gesicht. Es stellte eine junge Frau dar. *»Wer ist das, dort auf dem Bild neben der Tür?«* Er hob die Augen. Sie schauten direkt in meine. Sehr direkt. Wieder unangenehm ernst. Ich hatte den Eindruck, seine Haut verblasste. *»Ach das – pfff, das ist meine Schwester.«* *»Ihre Schwester?«*, wiederholte ich. Ein Knistern beziehungsweise Rieseln dicht bei uns sorgte für Ablenkung. Deshalb fiel mir erst später auf, dass er zum ersten Mal einen Satz ohne Stottern hervorgebracht

52

hatte. Ich sah mich nach dem Geräusch um. »M-mäuse.« »Ah, Entschuldigung«, ich drehte mich wieder zu ihm, »Ihre Schwester – haben Sie noch Kontakt zu ihr?« Seine Mimik versteifte sich. Die auf die Holztafel gelegte Hand zitterte schwach aber permanent. Ich erinnerte mich an die Aussagen einzelner Leute. Vermutlich war er schlicht krank. Aus reiner Laune kam es nicht. »Herr Alhoger?« Seine Pupillen veränderten sich. Er schien von irgendwoher zurückzukehren: »Ja?« »Sie wollten mir noch etwas zu den Namen im Neubaugebiet sagen.« Über mir kullerte es, als würde jemand eine dicke Nuss über den Boden rollen. Mag sein, dass der draußen aufkommende Wind daran schuld war. »O – v-verdammt«, stotterte er. »Haben Sie ein Fenster aufgelassen?« »N-nein, a-al-les zu. Es-es wäre bes-ser, S-Sie w-würden g-gehen.« Aber ich war doch erst gekommen. Ein Windschub rappelte am Gebälk. »Zuerst sagen Sie mir bitte noch, wo Ihre Schwester wohnt.« »Nein!«, sprach er wieder so seltsam heftig, wobei er wie hypnotisiert aufstand. Um die Höhe auszugleichen, erhob ich mich ebenfalls: »Doch!« Bereits im nächsten Moment zuckte ich zusammen. Genau über mir Bumste es mit kurzem Poltern, so als wäre eine Vase zu Boden gefallen. Ich schaute gar nicht erst nach oben, ich schaute *ihn* an. Er nahm die Augen aus meiner Richtung und drehte sich zum Fenster. »Wollen Sie nicht lieber nachgucken? Vielleicht hat der Sturm ein Fenster aufgedrückt.« »B-bitte, g-gehen Sie!« »Oder es ist jemand im Haus.« »Nein!«, ziemlich flink wendete er sich zu mir zurück: »N-nein, es ist n-niemand hier.« »Sie haben nicht abgeschlossen. Wenn Sie möchten, gehe ICH gucken.« »NEIN!!«, brüllte er und blies sich auf, dass mir erheblich bange wurde. Sein Blick schwoll dabei giftig an. Um nicht zu sagen bedrohlich. Mir überkam sofort eine Gänsehaut. Hatte ich ihn zu sehr gereizt oder war er tatsächlich unberechenbar? Man konnte glatt den Eindruck gewinnen, dass in seinem Körper zwei Seelen leben würden; parallel und im ewigen Streit miteinander. Also, irgendwie abnorm. Oder bedauernswert. Ich denke, nicht umsonst mieden die anderen ihn. Erstaunlich rapide verflog auch diese Phase, selbst das Gesicht gewann stufenweise wieder an Farbe: »Eh – d-das b-brauchen Sie n-nicht, w-wenn Sie b-bitte endlich g-gehen m-möchten.« »Wenn Sie meinen«, anstatt allerdings an ihm vorbei zur Tür zu laufen, drehte ich mich um und machte einen Bogen um den Tisch herum zu dem kleinen Fenster. Ich schaute in die wolkenverhangene Abenddämmerung. Reichlich dunkel war es geworden. Gegenüber im Haus sah man vereinzelte Lampen, daneben malten sich die Konturen eines hohen Obstbaumes ab. Es wirkte alles so friedlich. So still. Genau! Der Baum zeigte keinerlei Regung! Ich stutzte, wartete noch zwei, drei Sekunden, drehte mich dann zu Herrn Alhoger zurück: *»Was geht hier vor sich ?!«* Sein Blick flüchtete nach unten. Abwehrend begann er den Kopf hin und her zu schwenken, wobei er sich mit einer Hand an der Stuhllehne festhielt: *»N-nichts. W-Was s-soll hier v-vorgehen ?«* Ich schritt zur Tischplatte und wartete. Je mehr ich wartete, desto unruhiger wurde er. Das Zittern des aufgelegten Armes schien auf Schulter und Kopf überzuspringen. Mir war auf einmal alles egal. Für mich stand fest, der Mann ist jetzt reif: *»Franco, ich gehe nicht eher, bis Sie mir sagen, wovor Sie Angst haben !«* *»Ich hab-be k-keine Angst«* *»Doch, haben Sie ! Sonst würden Sie nicht eine solche Geheimnistuerei veranstalten !«* *»S-Seien Sie vernünf-tig, l-lassen Sie m-mich, b-bevor es z-zu sch-spät ist !«* *»Was ist zu spät ??«* Er hob den Kopf: *»Sie k-können d-das n-nich-t v-ver-st-tehen. G-Gehen S-Sie !«* Dann bin ich wohl ein bisschen ausgerastet. Ich habe mit der flachen Hand einfach auf die Tischplatte geschlagen: *»Nein !! Verdammt nochmal ! Jetz' is' Schluss !! Wo is' Ihre Schwester ??«* Es gab einen Knall, als wenn beim schlimmsten Durchzug eine Tür zugeflogen wäre. *»Ist sie das ?? Wohnt sie hier ?? Bei Ihnen ?«* Seine Miene schien zu altern. Verzweiflung oder Hektik durchfurchten die Wangen; ja sogar die Augen begannen sich einzutrüben: *»RAUS !«*, ziemlich gebrechlich zog er den Stuhl vom Tisch und setzte sich nieder, ohne mich weiter zu beachten: *»B-b-bit-te.«* *»Wenn Sie verhindern möchten, dass unschuldige Menschen sterben, dann müssen Sie mir helfen !«*, ich ging zu ihm, wobei ich kurz auf das Bild an der Wand schielte, stellte mich dann hinter ihn und klopfte leicht auf seine Schulter. Er rupfte unterdessen ein Taschentuch hervor. Tränen begannen zu quellen. Ich drehte mich noch einmal zu dem Bild. Für mich war es eindeutig. Ich wartete. Als keine Reaktion kam, schwenkte ich zu ihm zurück, überflog die Einrichtung des Raumes, die Wände, flüchtig die Decke und stoppte mit einem Male. Langsam litt ich wohl selbst unter Komplikationen. Mir war so, als würde mich permanent jemand beobachten, aber ich sah nichts und niemanden. Weder in der Ecke noch an der Tür zum Nachbarraum. Oder kam es von dem Bild hinter mir? Ich musste noch einmal hinsehen. Länger und intensiver. Nein, das war es nicht. Es kam nicht vom Bild. Es kam – aus diesen Wänden. Verrückt. Ja, irgendwie verrückt, dachte ich mir langsam. Ich lasse mich von einer Gegebenheit fertig machen, die überhaupt nicht existiert, die ich mir nur einbilde. Einfach, weil es gerade so ideal zu dieser Stimmung passte. Oder sollte es ein böses Spiel der Psyche werden, was einen Menschen letztendlich ruiniert? Die Steigerung in Wahnvorstellungen? Vielleicht, wie es Herrn Alhoger passiert ist? Könnte sein. Mag auch sein, dass Salantov gerade deshalb davor gewarnt hatte. Was bedeuten würde, ihm wäre das Phänomen nicht fremd. Aus eigenen Erfahrungen? Meine Gedanken kippten zusammen, weil Herr Alhoger sich soweit gefasst hatte, mir eine Kleinigkeit anzuvertrauen: *»L-Lassen Sie mich d-doch in R-Ruhe, Sie hab-ben d-doch die L-Leiche in d-der Sch-straße ge-gefunden.«* Ich konnte nur noch staunen, obwohl mir in dem Moment nicht genau klar war, ob er es allgemein meinte, auf seine Schwester bezog oder auf die Situation mit den merkwürdigen Namen, sprich die Sache mit dem Baum aus dem Neubaugebiet. Wie auch immer, wichtiger war, er hatte Kenntnis von diesen Dingen. Bestimmt mehr, als er verriet. Und genau dies machte ihm wahrscheinlich die ganze Zeit Kummer. –" „Wenn ich Dich noch einmal stören darf", Cathleen legt ihre Hand auf die unseres Erzählers, „wieso oder woher wusste er, welche Leiche in der Straße lag?" „Ja, die Frage ist gut. Sicher gehen schnell Gerüchte um, in der Zeitung – glaube ich – stand etwas, aber ich vermute, er konnte noch nicht einmal richtig lesen. Außerdem wurden von uns aus keinerlei Details veröffentlicht. Schon allein, weil wir ja selbst nicht wussten, was los war. Wie auch immer, ich lies ihn vor sich auf den Tisch starren und ging nochmals an das kleine Fensterchen. Draußen begann es tatsächlich windig zu werden. Der Obstbaum gegenüber schaukelte. Bald klimperte und klapperte es in meiner Nähe. Eventuell kam das Geräusch von den Fensterläden. Mir wurde das gleichgültig. Mit dem Wind hatten sich Gott sei Dank auch meine schlechten Gefühle verflüchtigt und ich schaltete ganz auf Polizist. Ich beendete diese längere Verschnaufpause, indem ich Herrn Alhoger erneut ansprach. Neben ein paar tröstenden Worten, bestand ich allerdings auf einer Erklärung. Ich verdeutlichte ihm, dass ICH mit den Ermittlungen beauftragt worden wäre und alles diskret behandeln würde. Aber wenn erst Kollegen kämen –" „Wie zum Beispiel Herr Rosner", vermutet man einen Sitz weiter. „Richtig", lächelt unser Hausherr, „dann könnte ich für nichts garantieren. Ich habe ihm auch gesagt, dass er keine Angst haben brauche, es hätte für ihn keine rechtlichen Konsequenzen." „War das nicht ein wenig voreilig gewesen?" John schaut in die warmen Augen seiner Partnerin: „Was sollte ich denn machen? Zu dem Zeitpunkt wusste ich schließlich nicht, was er mir noch erzählen würde. Mich interessierte vor allem, wer das Mädchen auf dem Bild an der Wand war." „Aber –" „Ich weiß, was Du fragen willst. – Natürlich sah das Photo dem rekonstruierten Leichenbild von der Kreuzung ähnlich. In erster Linie wegen dem fehlenden Zahn. Nur sollte man sich an einem solchen Punkt nicht allzu festkrallen. Immerhin hatte ich da noch eine andere Vermutung. Was mich allerdings mehr strapazierte, war dieses berühmte "Würmchenziehen". Wenn Du jemanden vor Dir hast, der nichts sagt, dann ist er eventuell ver- schlossen schüchtern, nicht ganz gesund – was wohl sehr nahe lag – oder ein Geheimnisträger. Aus welchen Gründen auch immer. Sei es Erpressung oder eine Schuldbelastung. Insgesamt muss man sich also fragen, wie aufdringlich beziehungsweise behutsam sollte man mit einem solchen Kandidaten vorgehen? Als Polizist habe ich auch eine Verantwortung. Und das etwas nicht stimmte, lag wohl auf der Hand. Bloß die Dimension konnte ich nicht abschätzen. War es eine Kleinigkeit, die man im Grunde schnell regeln konnte oder reichte sie weit hinaus, bis – ja – bis vielleicht in unser Präsidium? Was wussten Salantov und Detlef? Besonders ersterer? Ich dachte und hoffte vor allen Dingen, dass beide von alledem ahnungslos waren und ihre Anmerkungen rein zufällig waren. Wie man es halt versteht.

Demonstrativ kehrte ich bei Herrn Alhoger auf meinen Platz zurück und setzte mich gemächlich ihm gegenüber. Er merkte, dass ich offenbar nicht mehr zu beeindrucken war. So stotterte er Satz für Satz über seine Familie, den Schwierigkeiten, die er bekommen hatte und besonders seine Schwester. Ja, die Person auf dem Bild war seine jüngere Schwester, genauer gesagt, seine Halbschwester. – Und jetzt liebe Cathy", unser Ermittler umklammert sanft ihre Hand, „jetzt kommt die Auflösung der Geschichte. Ich hoffe, Du bist bereit dazu?" „Wieso denn nicht?" „Ich mein' ja nur – für den Fall, dass es

Dir nicht zu versponnen klingt." „Keineswegs", lächelt sie interessiert zurück. „Ok. Also, jenes Mädchen – eh!", sein Blick hatte beim Drehen des Kopfes unwillkürlich die Glastür gestreift, „Moment!", er springt vom Sofa auf, „Hast Du das eben auch gesehen??" „Was denn?", sie schaut ihm nach, wie er eilig Richtung Terrasse schleicht. „Da stand doch jemand!" „Ich habe nichts gesehen, ich hatte Dich angesehen." Immer wenn der Schimmer eines fernen Blitzes den Garten erhellt, fixieren seine Augen jeden sich im Wind wiegenden Strauch: „Ich bin sicher, dass da jemand war! Genau vor der Tür hier", mit einem Ruck zieht er am Griff und schiebt das Element beiseite. Pfui! Der Sturm fegt einen Schwall Feuchtigkeit entgegen. Feiner zerstäubter Regen. Alles weht tief ins Wohnzimmer hinein. Darunter müssen besonders die Kerzenflammen leiden. Hilfesuchend winken sie mit ihrem gelblich-bläulichem Körper. Nur Cathleen registriert, wie arg sie sich zur Seite neigen. Fast horizontal erwecken sie den Eindruck, fliehen zu wollen, wären sie nicht unweigerlich mit dem Docht verbunden. Tapfer kämpfen sie. Aber ihre Kraft schwindet. „John, ich glaube, Du machst besser wieder zu." „Zu dumm, dass ich keine Taschenlampe hab", blockt er ab und wagt einen Schritt hinaus, „Ich bin sonst auf alles vorbereitet. Nur heute – Mist", kaum ausgesprochen springt er zur Seite, denn zielgerichtet jagt ein weißes größeres Etwas auf ihn zu. KLONG! Am Rahmen abgeprallt, schleudert es zur Seite, tanzt über den gerollten Gartenschlauch, bis es sich in eine Ecke verkriecht. Dem Geräusch nach ein Styroporklotz, der vermutlich in der Nachbarschaft aufgegabelt wurde. Die Nerven liegen blank, Regen soll das Gesicht erfrischen. Doch der nächste Schreck bohrt sich fest. Einem Wurzelwerk gleich spaltet sich ein Blitz hoch über dem Centrum auf. Wie im Bilderbuch. Geblendet kneift unser Hausherr die Augen zu, bevor er sich umdreht. Die Luft prescht durch die belaubten Zweige. Dabei wirbelt das ein oder andere abgerissene Blatt ziellos umher. Am Kopf fühlt es sich wie Fingerchen an, die nach den Haaren grapschen. Die Nässe zwingt zum Schütteln. Hoppla! Gerade noch kann er sich mit einem Handgriff am Türrahmen fangen. Der Körper glüht. Offenbar war der rechte Fuß an der Bodenschiene hängengeblieben. Flugs wird die schiefe Lage korrigiert. Im gleichen Moment taucht vor ihm, vom Blitzschein angestrahlt, ein blasses Gesicht auf.

So dicht auf Augenhöhe, dass er panisch den Kopf zurückzieht: „Cathy ?"
Die Dunkelheit verwischt es wieder. „Ja ?", tönt es zart. Ob vom Schreck
betäubt, der Verstand will nicht glauben, was die Ohren vernommen haben:
„Eh – wie ? Cathy ??" „Ich bin hier." Genau das ist es ! Kein Trug, die
Stimme kommt nicht frontal von vorne, sondern von der Seite. „Wo ??"
„Auf der Couch. Warum fragst Du ?" Aber auch dort ist es völlig dunkel.
„Wars' Du nich' eben hier ? Vor mir ?" „Nein, wieso ?" Eindeutig hört man
die gewisse Entfernung heraus. Das Herz klopft. John durchwühlt mit seinen
Händen die nahe Umgebung: „Hhh, nichts, vergiss's. Mir war grad' nur –"
Ein grelles Zischen durchpeitscht die Atmosphäre, der sofort folgende Knall
mit basshartem Donnerecho erschüttert Mark und Bein. So gnadenlos, dass
man beinahe den Verstand verliert. Die Glieder schlottern bis zum Abfallen.
„Scheiße, i-ich glaub' es – hat eingeschlagen." Wie zwei mächtige Platten drückt
ein Berg von Nichts auf die Lunge. Der Puls dehnt die Schlagader, die Seh-
zellen flimmern. „Mann oh Mann", japst er, wobei er torkelig mit letzter Kraft
die Tür zuschiebt, „Lebst Du noch ?" Seine Besucherin schweigt. „Cathy ??"
Sie ist völlig daneben. Auch sie muss tief durchatmen. Bis sie sich entschließt,
ein ungewohnt verängstigtes „Ja ?" zu hauchen. „Alles in Ordnung ?"
Das kann selbst sie nicht sagen. Stattdessen fragt sie, ob er zu ihr käme.
„J-ja – klar. Erstmal den Weg finden." Viel lieber würde er vorher das ganze
Haus kontrollieren. Wer weiß, ob es irgendwo brennt ?

Auf dem Sofa trifft man sich wieder. Nach gegenseitigem Betasten zwecks
Orientierung, lehnt sich die junge Lady ziemlich eingeschüchtert an unseren
Hausherrn an. Man spürt deutlich den aufgeregten Puls. Mit einer Hand
schiebt sie sich durch seinen Arm, um besser einhaken zu können. Es ist mehr
ein Anklammern. Ein Schutzsuchen. Er nutzt die freie Seite, um nach dem
Feuerzeug zu suchen. „Nicht schlimm, lass' es aus. Hauptsache Du bist da",
flüstert sie zaghaft. Eine solche Situation missfällt ihm arg, insofern,
weil er berufsmäßig lieber alarmbereit parat steht, besonders in Krisenfällen.
Und dies ist ein solcher, für ihn. Auf allen Ebenen. Was das Haus betrifft,
wird jegliches fremde Geräusch sorgfältig aus dem Unwettergetöse
herausgefiltert. Die Seele hingegen scheint momentan irreparabel zu sein.

Wenigstens ist Cathleen eine Kollegin und keine Fremde. Sie hat bestimmt Verständnis für gewisse Vorsorge- oder Kontrollmaßnahmen. Andererseits ist es endlich mal ein privater Besuch. Ganz privat und wunderschön. Sanft, warm. Einfach herrlich. Besonders ihr Arm an seiner Seite. Behutsam sinkt sein Oberkörper an die Rückenlehne. Sie folgt ihm: „Erzählst Du weiter?" „Lieber nicht", zuviel Zweifel plagen. Spätestens nach diesem Vorfall, nach dieser bedenklichen Erscheinung. Dabei spielt es keine Rolle, ob Realität oder Phantasie, weil er sich eventuell zu sehr in die Erzählung vertieft hatte, vordergründig bleibt die Warnung der inneren Stimme. „Eine Geschichte ohne Ende, ist aber keine schöne Geschichte", mahnt sie auf seiner Schulter. „Ja – da hast Du Recht. Aber – aber Du weißt ja nicht, wie das Ende lautet, ich mein', ob es wirklich schön ist." „Egal", sie kuschelt sich an seinen Hals. Unglaublich, wie die weichen Haare auf der Haut schmeicheln. Es ist schlicht der Wahnsinn. Jedes einzelne startet seine Verführungskünste, bettelt nach mehr. Und es ist alles echt. Kein Traum. Es ist wirklich Cathleen. Edward würde auf der Stelle die Freundschaft kündigen, wenn er das wüsste. Pech für ihn. Mmh, das Parfüm. Ein Gefühl von Geborgenheit entfaltet sich. Nein, es ist mehr. Es ist, als wenn man den Schlüssel zum Paradies geschenkt bekommen hätte. Nur, wie geht man damit um? Die Angst, diese Chance zu verderben, lauert bei jedem Herzschlag. Trotzdem fasst John allen Mut und streichelt mit seiner Hand über ihre: „Tja, wie war das mit der Schwester von Herrn Alhoger? Sie kam, glaube ich, mit 19 nach Birkenbach. Alleine. Ja. Auf einem Bauernhof verdiente sie sich ein wenig Geld. Der Meinung im Ort nach, soll sie hübsch gewesen sein, deshalb fiel sie auf. Auf dem Bild – ehrlich gesagt – finde ich sie nur mittelmäßig. Aber das ist halt Geschmacksache. Naja, ihr waren im Laufe der Zeit Jungens lieber als Arbeit, und so kam sie ins Gerede und musste den Hof verlassen. Zudem erfuhr man, sie verfüge angeblich über besondere Fähigkeiten wie Hellsehen oder was auch immer. Na, damit machte sie sich noch mehr Feinde, gerade die Älteren lehnten solch ein Teufelswerk ab. Und das noch zu Beginn der 60er Jahre. Aber wir hinken ja mit allem hinterher. Sie soll schließlich in einem kleinen Holzschuppen gelebt haben und stahl bei den Leuten, was sie brauchte. –" „Warte mal", wirft die Schwarzhaarige wieder nachhakend ein, „warum hat denn dieser Herr Alhoger sie nicht aufgenommen? Wenn sie doch seine Schwester war?" „Tja, da angeblich alle im Ort gegen sie waren, wollte er nicht auch am Rande stehen, vermute ich mal." So ganz versteht sie es trotzdem nicht: „Aber als sie nach Birkenbach kam, hatten die beiden denn keinen Kontakt miteinander?" „Frag' mich was Einfacheres", er kann sich leider nicht mehr erinnern, „Die ganze Sache ist merkwürdig für sich. Wer da jetz' welche Schuld hat, kann ich Dir nicht sagen. Vielleicht haben beide Seiten Schuld. Aber egal. Spielt keine Rolle. Das Mädchen war etwa 30, als sie anfing – angeblich anfing – Männer zu verführen und zwar unter Gewaltanwendung. Also mit Hilfe von irgendwelchen Mittelchen. Jedenfalls schwappte das Fass über, als die Bevölkerung erfuhr, sie habe einen Mann geopfert. –" „Wie? Hh –" „Ja, es soll irgendein Teufels-ritual gewesen sein." „Oh, – das ist ja schrecklich", Cathleen schüttelt sich leicht, klammert dann noch fester am Arm, umschlingt ihn förmlich. „Es soll recht geschmacklos gewesen sein. Aber man erzählt ja viel. Huch! – Entschuldigung. Ehm, der Blitz –. Ja. Naja, so richtig aus der Nähe gesehen, hat es damals wohl doch keiner. Dafür war sicherlich die Angst zu groß. Wie auch immer, ob diese Aktion oder andere Sachen, man erzählte, man habe sie am sogenannten "Höllenbaum" beobachtet, einer alten ausgefallen verknöcherten Eiche, die am "Hexenplatz" stand." „Wo ist der denn?", fragt Cathleen angewidert. „Das gibt es ja alles nicht mehr, nur noch der Name der Straße erinnert daran. Indirekt. Zurück zu Malita, so hieß übrigens das Mädchen. Zugegeben, ein irgendwie treffender Name. – Weil sie öfter schwarze Messen abhielt und unheimlich war, beschlossen einige Bürger, sie müsse verschwinden. Auch der Pfarrer sagte seine Unterstützung zu. Wenn Malita tot wäre, so sei dies eine Erleichterung; was soviel hieß wie: wer sie umbringe, würde nicht sündigen. –" „Das ist aber hart." „Für unser Gesellschaftsbewusstsein besonders. Gesetzestreue gegen Moral. Dabei sollte alles eine Einheit bilden und keinen Zwiespalt. Mag sein, dass aus diesem Grunde sich niemand traute. Unser Herr Alhoger bekam natürlich den Unmut mit. Auch wenn er keine Beziehung mehr zu ihr hatte oder haben durfte – je nachdem, wie man es sieht – ließ ihn die innere Stimme nicht los, zu handeln. Er wollte zu ihr gehen und mit ihr reden. Aber wie? Es war gefährlich. Nachts traute er sich nicht, und tagsüber fiel es wohlmöglich auf. Dennoch ließ es ihm keine Ruhe. Der Zwang zur Verpflichtung wurde stärker und stärker. Er konnte bald nicht mehr ruhig schlafen, zumal es neue Gerüchte gab. Gerüchte, die von einer geheimen Aktion sprachen.

Eines Tages im August, es war wie heute gewittrig und deshalb bereits am Nachmittag recht düster, fasste er den Entschluss, endlich aktiv zu werden. Er wollte die Ruhe wieder herstellen. *Er* wollte es sein, obwohl es trotzdem niemand erfahren sollte. Für ihn war es halt der eigene Seelenfrieden. Die Wolken stapelten sich üppig, erste Tropfen fielen und Donnergrummeln lag in der Luft. Bei diesem Wetter würde bestimmt jeder nach Hause gehen, somit wären auch die Felder leer. Vorsichtig verließ er die Haustür. Ein Fahrradfahrer holperte die Straße längs. Nach wenigen Schritten stellte sich bereits mäßiger Regen ein. Die Pflastersteine bedeckten sich mit einer feuchten Schicht. Hurtig wechselte er die Straßenseite und schaute jedesmal zu Boden, wenn ein Fahrzeug vorbei kam oder ihm jemand begegnete. Manchmal versteckte er sich sogar an einem Winkel. Hauptsache es war nicht zu auffällig. Bald war der Ortsrand erreicht. Dort bog er in den Kiesweg zu den Feldern ein. Alles schien menschenleer, denn die Himmelsentladungen häuften sich, weil sie näher rückten. Zügig lief er den Bach entlang bis zum ehemaligen Birkenwäldchen. Der Regen fiel üppig. Aber es waren nicht die Tropfen, die ihn zum Umschauen aufforderten, sondern ein merkwürdiges Gefühl. Eine unsichtbare Kraft. Er gab nach und entdeckte, wie sich hinten von den Häusern her jemand im hohen Gras bewegte. Vom Gang und dem Profil her ein Mädchen wie Malita. Sicherlich hatte sie wieder gestohlen. Eilig huschte sie durch das nasse Grün, vorbei an Sträuchern längs des Feldrandes. Er begann im Winkel zu ihr zu laufen, doch duckte sich rasch, denn in einem gewissen Abstand hetzten zwei Gestalten hinterher. Wer es war, konnte er nicht erkennen. Die Nässe kam schräg, direkt in die Augen. Dadurch wurde seine von Natur aus eingeschränkte Sicht erheblich verschlechtert. Er zog es vor, den alten Nussbaum in seiner Nähe aufzusuchen, um möglichst unbemerkt zu bleiben. Ganz dicht presste er sich an den moosigen Stamm. Von dort gestaltete sich das Beobachten zwar schwierig, zumal dichteres Gestrüpp stets die Sicht behinderte, dafür sicherer. Malita schien auf seinen

Weg zu wollen. Als sie die Sträucher passierte, blieb sie wohl kurz hängen, jedenfalls zappelte sie energisch, schaffte es aber rechtzeitig, sich zu befreien, um flink den Pfad zu kreuzen, zum Bach hinunter zu springen und in den Wald zu flüchten. Dabei erwischte sie in der Schräge eine matschige Fläche. Der Kampf ums Gleichgewicht endete im nächsten Schritt. Sie glitt aus und stürzte ins Wasser. Die Verfolger waren rasch zur Stelle. Patschend, wie um ihr Leben ringend, griff sie nach allem, was ihr wieder auf die Beine hätte helfen können. Aber es war zu spät. Die Öffnungen im schwankenden Laubdach der Bäume ließen zwei junge Männer erkennen. Sie packten die Fluchende und schleiften sie durch Kraut und Dornen zurück zum Pfad. Wenn sie sich allzu wehrte, schafften Tritte für Abhilfe. Anhand der Konturen, wie der schreienden Stimme, identifizierte Herr Alhoger eindeutig seine Schwester. Was sie tobte und schimpfte klang wie Beschwörungsformeln. Aber die Männer beeindruckte das wenig. Sie hatten ihr Opfer mittlerweile fest im Griff. Zielsicher zerrten sie sie an ihm vorbei tiefer in den Wald. Er musste ordentlich aufpassen, unentdeckt zu bleiben. Jegliches Rascheln hätte ihn trotz Wettergetöse verraten können. Nebenbei hatte er es mit herabtropfenden Blättern zu tun. Wieder genau im Gesicht landete das Wasser. Ein Ausweichen war unmöglich. Was hatten die zwei nur vor? Gut sah es nicht aus. Sie änderten ihre Richtung. Im Schlenker ging es erneut zum Bach. An einer ebeneren Stelle. Wenn man ihn dort überquert, gelangt man nach etlichen Schritten an ein kleines Gedenkkreuz. Errichtet anlässlich des mysteriösen Todes eines Ortsgeistlichen im Jahre 1902. Den Erzählungen nach soll dieser Mann auf dunkle Abwege geraten sein. Teufelswerk heißt es. Andere berichten, der Himmel habe ihm Gnade geschenkt. Ein Engel wäre gekommen, seine Seele zu holen. Genau weiß natürlich wieder niemand Bescheid.

Dafür sah Herr Alhoger halbwegs, was sich in der Ferne am Ufer des Baches abspielte. Die Männer stoppten, der Linke griff Malita von hinten am Hals und drückte den Kopf vornüber hin zum Boden. Sie wollten sie doch nicht etwa – ertränken? Dafür war das Wasser viel zu flach. Besonders an dieser Stelle. Schreiend begann sie sich wie eine Schlange zu winden, wobei sie anscheinend um sich biss, denn einer der Kerle jaulte auf und begann auf sie einzuschlagen. Sie nutzte den Moment, um rücklings wegzutauchen. Dann spurtete sie los. Direkt auf den Baum zu, hinter dem sich Herr Alhoger versteckte. Es war so, als würde sie es spüren. Zielsicher. Ihn hingegen befiel ein schauriges Frösteln. Auf halber Strecke, knapp vor dem Pfad verfing sie sich am Geäst eines kleinen querliegenden Stammes. »WARTE, DU HEXE !«, rief der Schlankere, »HEUTE BIST DU DRAN !« Fast in letzter Sekunde entwischte sie, bis ein weiterer Ast unterm Laub sie endgültig zu Fall brachte. Derweil sie sich schon wieder auf die Hände stützte, ergriff der Verfolger ihre Füße: »ICH HAB' SIE !« Schon war auch der andere zur Stelle, er hatte unterwegs einen Knüppel abgebrochen: »EIN ZWEITES MAL TUST DU HURE DAS NICHT MIT UNS !«, brüllte er und schlug auf sie ein, »JETZT IST SCHLUSS MIT DEM TEUFELSZEUG !« Herr Alhoger konnte nicht fassen, was er sah. Sie schrie wie am Spieß. »NIMM' DAS, DU DRECKSLUDER !« Ein harter Schlag auf den Rücken degradierte die Laute zu einem pulsierenden Japsen. Angst wie Wut packten Herrn Alhoger. Seine Schwester so zu verletzen, dass konnte er nicht durchgehen lassen. Schon erstickte ihre Stimme im Laub. Er raufte allen Mut zusammen, holte tief Luft und sprang aus dem Versteck hervor, um hinüber zu schreien. Merkwürdigerweise blieben ihm die Laute im wahrsten Sinne des Wortes im Halse stecken. Mag sein, dass es an der Aufregung lag. Außer einem heiseren Flüstern entwich nichts der Kehle. Da erspähte er dicht bei sich einen modernden Holzspalt. Mit beiden Händen griff er zu und eilte auf die Täter los. Trotz Brausen im Laub, vermischt mit lauterem Donnerhall, musste sein Stapfen durch das Unterholz auffällig genug gewesen sein, denn die Männer entdeckten ihn und ließen von ihrem Opfer ab. Der eine trat umgehend stolpernd die Flucht an, während der andere mit seinem Knüppel drohte: »HAUEN SIE AB !« >Oh Herr, das sind doch die Gebrüder —<, ungeachtet dessen stürmte Herr Alhoger weiter, hob dabei fest entschlossen mörderisch das Holz hoch über den Kopf. Eine Pose, die beeindruckte. Der Zweite schleuderte zwar seinen Ast entgegen, rannte danach aber so schnell er konnte ebenfalls von dannen. Im Nu verschwand er zwischen Jungbäumen und Büschen. Herr Alhoger bremste. Seine Augen bemühten sich in dieser dämmrigen Umgebung die Verfolgung aufzunehmen; es war zwecklos. Die schwankenden Konturen der Natur spielten der flimmernden Netzhaut schnell ihre Streiche. Erschöpft ließ er das Holz zu Boden plumpsen.

Der nächste Gedanke galt seiner Schwester. Er drehte sich um. Wo war sie? Zusammengekniffen fiel der erste Blick auf das alte Kreuz, dann, näher bei ihm, entdeckte er ihre Beine hinter einem Baumstumpf hervorschimmern. Es war die selbe Stelle, wo die zwei Männer auf sie eingedroschen hatten. Hurtig lief er hin. *»MALITA ?!«*, unter Zögern kam er näher, *»MALITA ! WAS IST GESCHEHEN ??«* Das Herz pochte bis zum Ohr. Kurz vor ihr schaute er hektisch in alle Richtungen, kniete dann zügig in den durchweichten Boden und rüttelte ihren Körper, als wolle er sie aus einem tiefen Schlaf erwecken: *»MALITA !«* Die Umgebung war düsterer geworden. Erheblich düster, sodass Einzelheiten leicht ineinander verschmolzen. Er senkte sein Gesicht. Der Leib jedenfalls schien unversehrt. Erneut sprach er sie an, wobei er eine Hand nahm und auf ihren Arm legte. Kühl fühlte es sich an. Oberflächlich. Vermutlich durch Schweiß oder Regennässe. Mit der anderen Hand berührte er ihren Kopf. Zuckte sie? Oder war es das eigene Zittern? Er strich zur Wange hinab. Da, ein Seufzer? Ein leises Stöhnen?? Behutsam rollte er sie auf die Seite, beugte sich dabei noch ein Stückchen näher, schnappte aber zurück, weil ihr Körper unerwartet in die Rückenlage sackte. *»MALITA !?«* Starker Wind erhob sich. Blätter wurden ringsumher aufgegabelt und im Kreise beinahe zum Himmel geweht. Gleichzeitig schwankten die Baumkronen ähnlich großen Fächern, sodass es für einen Augenblick heller wurde. Irritiert hob Herr Alhoger sein Haupt. Seltsam, dieser kleine Wirbel über ihm. Denn siehe da, im nächsten Moment war das Phänomen wieder vorbei. Die Luke schloss sich, dafür blitzte es. Und gleich ein weiteres Mal. Erneut begann der Wind Blätter heran zu pusten. Diesmal aus verschiedenen Richtungen. Manche landeten auf Malita's Körper, andere stießen gegen sein Gesicht. Ängstlich blickte er umher. Erst ein Flüstern zwang ihn wieder zu seiner Schwester zu schauen. Was sagte sie? Sagte sie überhaupt etwas? Oder war es das Plätschern der Tropfen, das Rauschen des Laubes im Gebüsch? Ihm wurde mulmig. Nässe perlte die Stirn hinab. Überall triefte es. Vibrierend fuhr er erneut über ihre Haare, danach den Hals längs und schließlich zum Hinterkopf. Er wusste nicht, was er machen sollte. Sie konnte hier doch nicht liegen bleiben. Einfach so. Unmöglich. Ein komisches Gefühl an den Fingerspitzen unterbrach die Gedanken. Er zog die Hand hervor. Rötlich verteilte sich Regenwasser über den Kuppen. Verdünntes Blut !

»MALITA ?!«, aufgeregt packte er ihre Schultern und zog den Oberkörper zu sich heran, »ANTWORTE MIR ! – HÖRST DU MICH ??«, er tastete zur Schlagader. Wo war sie nur ? Links ? Rechts ? Von Naturwissenschaft hatte er keine Ahnung. Jedenfalls nicht in diesem Moment. Verzweifelt gab er ihr einen Kuss. Und noch einen. Stirn, Backe, egal. Da, ihre Mundwinkel ? Mit beiden Händen hielt er ihr Gesicht. Dicht vor sich. Die Augen waren verschlossen. Der Kopf schwer. Das Herz ! Ihm kam die Idee, das Herz zu prüfen. Er ließ ihren Körper wieder zu Boden, mitten in eine flache Pfütze und begann hastig den Stoff von ihrer Brust zu zerren. Als er sein Ohr auflegen wollte, fing es unvorstellbar an zu schütten. Unter diesen Umständen konnte man weder hören noch fühlen, schon gar nicht, wenn die Nerven am Ende waren. »MALITA – OH HERR, WAS IST NUR GESCHEHEN ?«, er presste seinen Kopf auf ihre Schulter, »WARUM HABE ICH VERSAGT ?«, Tränen überströmten das eh schon nasse Gesicht, »ICH WOLLTE ES NICHT. – ABER ICH – KONNTE – NICHT ANDERS.« Einige Sekunden verharrte er im Weinkrampf, bis der Anfall von Trauer durch das Wetter weggespült wurde. Das Gewitter brauste mächtig auf. Wie benommen nahm er seine Hände, faltete sie und schloss die Augen: »HERR IM HIMMEL, VERGIB MIR MEINE HILFLOSIGKEIT, ERLÖSE MALITA – SCHENKE IHR ENDLICH FRIEDEN. ICH BITTE DICH VON GANZEM HERZEN. BITTE. BIT-TE. – SIE SOLL ENDLICH GLÜCKLICH –«, weiter kam er nicht, denn ein greller Blitz durchschlug die Baumwipfel, direkt über ihm, gefolgt von einem Höllendonner, dass ihm Sehen und Hören verging. Geblendet kippte er nach hinten. Die Erde bebte, es krachte und splitterte; etwas schien auf ihn zu stürzen, sich über ihn zu werfen, festzukrallen, wie mit Teufelsklauen. Es tat weh und war stark. Übermächtig. Unmöglich sich zu wehren. Der Sturm tobte. Neues Donnerknallen, wie des Satan's Peitschenhiebe, folterten Gemüt und Seele. Herr Alhoger riss die Augen weit auf. Zwecklos. Außer einer grellen Fläche sah er nichts. Wohin er auch schaute. Nichts.

Er war blind. Stattdessen piksten und quälten irgendwelche Zacken. Stränge schnürten den Hals. Panisch stieß er mit den Ellbogen dorthin, wehrte sich wie ein Fisch im Netz. Zur Seite geneigt, hatte er Glück. Man konnte vorankommen. Ein krampfhaftes Kriechen ins Ungewisse. Dicht über dem morastigen Boden. Die schlammig kalten Finger bohrten sich zwischen Moose und Farne. Mal stieß er an Stein, mal an Holz. Das Herz tat weh. Oh welche Schmach! War dies die Strafe für sein schlechtes Verhalten? Es stach stärker. Verbittert sackte er zusammen. Umherfliegende Kleinteile prallten gegen Kopf und Körper. Zweige, Ästchen, sonstiges. Alles wurde ihm gleichgültig. Die Kräfte schwanden, er fühlte die Stunde des Todes nahen. Passend dazu erhob sich ein grausiges Heulen. Zischend, rasselnd, pfeifend jagte die Luft. Schneller und schneller um ihn herum. Aus dem Brausen wurde ein Dröhnen. An allen Haaren rupfte wer. War es ein Orkan oder kam der Teufel persönlich, um sie zu holen? Aus dem Getöse entstieg ein Totengesang. Wirklich, Stimmen mischten sich unter das Szenario! Es flüsterte, lachte, kreischte. Plötzlich griff jemand an seine Kehle und drückte sie zu. Rasanter als man sich hätte wehren können. Voll Panik rang er nach Luft, hob dabei den Kopf. Höher. So hoch es ging. Doch ein jäher Schlag stürzte die grelle Blindheit in tiefste Finsternis. Die Besinnung entschwand –"

Ein Aufschrei von Cathleen unterbricht die Erzählung. Zwangsweise zuckt ihr Nebenmann gleich mit zusammen, erhält obendrein ungewollt einen Stupser in die Seite: „Was hast Du ??" Sie muss sich erst fangen: „Hhhh! Ich – es – es war etwas an meinem Bein. Hhh, tut mir leid. Sorry. – Irgendetwas Weiches kitzelte oder krabbelte. Entschuldige bitte." Zur Versöhnung streichelt sie mit ihrer Hand über seine Schulter. Er indes beugt sich zur Tischplatte und beginnt nach dem Feuerzeug zu tapschen. Diese Dunkelheit ist mehr als lästig. Besonders bei einem solchen Wetter und in einer solch merkwürdigen Lage. Begierig rutschen die Finger über den Stoff, vorbei an der Pralinenschale. „Es muss doch hier irgendwo liegen. Ich versteh' das nich'." „Was suchst Du?" „Ah, ich hab's. Endlich. Jetz' wird uns hoffentlich ein Licht aufgehen." Bestimmt vier Versuche sind notwendig, bis der ersehnte karge Schimmer von dem mittleren Flämmchen in alle Richtungen springt. Cathleen ist sichtlich gezeichnet. Sie zieht ihre Hände vom Gesicht hinab und presst sie vor der Brust flach gegeneinander. So, als wolle sie beten: „Ich glaube, Deine Geschichte hat mir ein bisschen Angst gemacht", versucht sie ihren peinlichen Ausrutscher zu rechtfertigen, „Wahrscheinlich waren es schlicht die Fransen von der Tischdecke, die gekitzelt haben." Bald schon erstrahlen wieder die zwei Kerzen in friedlicher Eintracht. Draußen gesellt sich ein heftiger Blitz hinzu. Bevor aber der Donner zum Einsatz kommt, versetzt ein klirrendes Geräusch sämtliche Körperhaare in Alarmstellung. Unser Hausherr schnellt in die Höhe: „Was war das? Da is' was kaputt gegangen!" Neue Sorgenfalten hetzen über die Stirn seiner Nachbarin: „Bist Du sicher?" „Hast Du das nich' gehört??" „Doch, doch", haucht sie, mit dem Kopf bestätigend. Schon greift er die ihm nahe stehende Kerze und hebt sie samt Ständer wackelig auf halbe Höhe: „Das kam aus der Küche! Klang zumindest so." „Ich komme mit", flüstert die Schwarzhaarige, wobei sie beim Aufstehen einen Handteller auf das Kreuz am Hals legt. Allmählich wird es ihr extrem unheimlich. Allein die Tatsache eines Gewitters ist ihr bereits zuwider. Zumal wenn es sich derart heftig wie heute präsentiert. Sie möchte es allerdings nicht zeigen. Neben ihr schiebt man Fuß für Fuß um die Tischkante herum, geradewegs in die Lücke zum Sessel hin. Wild tanzt das Flämmchen. Der flüchtende Schein vermengt Schatten mit Licht. Gestalten fingern an den Wänden, Formen plustern sich auf, um im nächsten Moment harmlos in sich zusammen zu sacken. Nur das ausdünnende Feuerwerk des Himmels kann sie neutralisieren. „Ich sollte besser die Taschenlampe suchen." „*Ich* bin ja bei Dir", bestärkt Cathleen dicht hinter ihm. „Wolltest Du den Einbrecher mit Deinem Charme blenden?" „Ich dachte eher, es würde spuken." „Spuken? Du weißt genau, dass es keine Geister gibt." „Ach ja?", nervös verpasst sie ihm einen verhaltenen Klaps in den Rücken, „Und was erzählst Du mir den ganzen Abend?" „Psch!", er verharrt, denn ein kurzes schwaches Türknarren unweit vor ihnen zur Diele verschlechtert die Stimmung beträchtlich. Man wartet und lauscht. Leider rollt wieder ein Donner über das Dach hinweg. Nicht stark, bloß störend. Wortlos neigt unser Hausherr den Kopf zu seiner Begleiterin, schaut kurz in ihre großen Pupillen, die durch das flackernde Kerzenlicht aufgeregt wie zwei Brillanten funkeln. Mag sein, dass dieser Effekt durch

Feuchtigkeit besonders zur Geltung kommt. Halb fragend, halb eingeschüchtert verzieht sie gering die Wangenmuskeln. Er wendet sich wieder nach vorne: „Irgendwie hätte ich jetzt gerne meine Waffe bei mir." „Bist Du sicher, dass die was nützen würde ?", besorgt schielt die Jüngere in alle Richtungen. Die Dunkelheit beginnt gleich am Fuße ihres Schattens. Kein erfreulicher Anblick. „Bei Dieben macht das schon Eindruck", witzelt unser Kriminalist und setzt seinen zögerlichen Gang fort, „Glaub' mir." „Ein Glück, dass Du Erfahrung hast", haucht sie nicht ganz ernst in sein rechtes Ohr, derweil sie über die Schulter nach vorne blinzelt. „Danke Frau Kollegin." Die Kanten der Möbel schwanken schaurig unter dem Diktat der Kerze. Links taucht die vermutete Tür auf. Je näher man kommt, desto schneller weicht der Schatten des Rahmens. Bis ein dunkler Spalt ihn verschluckt. John stoppt. Es ist zwar ungewöhnlich, dass sie eine Hand breit zur Diele geöffnet steht, aber ...

„... Da passt niemand durch", lautet die beruhigende Erkenntnis, aufatmend ändert er die Richtung hin zur Küche, „Irgendeine Strömung muss die aufgedrückt haben", während er den Kachelboden betritt, hebt er sein Lichtchen, um sämtliche Ebenen beleuchten zu können. Tisch, Spülbecken, Schrankablage. Cathleen schiebt sich an seine Seite: „Was ist das da unten ?" Er senkt den Blick. Vor dem Herd glitzert es. Scherben. „Oh, Mist", ein Stück bückt er sich, damit der Schatten des Kerzenhalters schrumpft, „Eines der Longdrink-Gläser von der Spüle. – Komisch. Das kann unmöglich alleine da 'runterfallen. Es sei denn, es wollte Selbstmord begehen", mit einem aufgesetzten Lächeln nimmt er seine vorherige Haltung ein, schaut dabei erneut zu Cathleen. Sie erwidert zwar den Blick, teilt die Bemerkung jedoch keineswegs. Ihre Mimik bleibt angespannt: „Hier ist irgendetwas", unbewusst umklammert sie ihr Amulett, die Augen bekommen beschwörende Formen, „Ich habe den Eindruck, – wir sind nicht alleine." Solche Worte mag man vor ihr überhaupt nicht hören. Das wäre eine Katastrophe. John dreht den Kopf weg. Eine heimliche Flucht. Aber die Scherben bleiben nun einmal Realität. Die Erscheinung von vorhin durchfährt das Gehirn. Ihm wird kalt und kälter. Ob das Gesicht an der Balkontür doch keine Einbildung war ? Die Nerven beginnen die Glieder zu lähmen. Mehr und mehr wird die Vergangenheit zur Gegenwart. Oder katapultiert sich die Gegenwart in die Vergangenheit ? Die Zeit scheint sich selbst aufzuheben. Das Gefühl von Tod breitet sich aus. Ihm wird ziemlich bewusst, dass nun auch *er* das Versprechen heute abend gebrochen hat. Nein, vielleicht nicht ganz. Aber fast. Selbst wenn es nur Cathleen ist. Fakt bleibt, er hat ein Großteil der Story weitergegeben. Salantov's Mahnungen von damals mischen sich dazwischen. Scheinbar wusste jener doch, auf was man sich einlässt. Manche Erkenntnis kommt leider zu spät. „Mist", mit der freien Hand fährt unser Hausherr über die Stirn zur Seite weg. Und gleich ein zweites Mal. Wilder. Danach traut er sich, wieder nach vorne zu sehen, sich zu Cathleen zu wenden. Sie steht unverändert da. Ihre kühlen Blicke lasten auf seinem Gemüt, ja bohren sich gar tief in die Seele. Ist sie der auslösende Faktor ? Der Überträger von Projektionen ? Ein Medium ? Die Nähe wird zur Fremde. Jede Vertrautheit erstirbt. Gräben klaffen. Wie vorhin. Nur erheblich größer. Finstere Gedanken türmen sich. Was steckt wirklich hinter der sympathischen Maske dieses Individuums ? Ist es ein feindliches Wesen, dass man auf ihn an-gesetzt hat ? Zum Austesten ? Statt Engelchen, die rechte Hand des Teufels ? Nein, nein, dass ist jetzt übertrieben. Völlig übertrieben. Schuld ist nur ihre mystische Aura und diese unerklärliche Situation. Eine schlichte Kettenreaktion. Bloß warum schweigt sie ? Sie wirkt sehr abwesend. Gut, wir werden sehen, was noch passiert.

„Ich geh' jetz' eine Taschenlampe holen", nickt er ihr zu, streckt das Licht ein Stück von sich und geht im Bogen um sie herum zurück ins Wohnzimmer. Ihre Augen folgen stumm, soweit das Sichtfeld es zu lässt, dann wechseln sie hinunter zum Boden. Zu der Kante, an der schwach die Scherben funkeln. Langsam verblasst der Lichtschein, die Einrichtung verliert an Farbe. Bald lösen sämtliche Formen ihre Konturen auf. Aus einem grauen Muster wird eine schwarze Fläche. Regenwasser tropft auf die Fensterbank. Üppig, denn draußen schüttet es ungebrochen. Das dumpfe KLICKERKLACK-KLACK überschlägt sich fast, verliert völlig den Rhythmus. Ohne Echo dringt es durch die Scheibe, bevor die Stille im Raum es gefräßig vertilgt. Als Ausgleich umgarnt leichte Kühle die Haut; quengelt gar, frösteln zu dürfen. Ein Kribbeln, das zum Pieksen wächst. Tausend kleine Nadelstiche.

Die Nerven fordern, umgehend zu handeln. Cathleen dreht sich nach hinten. In der Ferne schwebt ein Wölkchen von Lichtmolekühlen, stellvertretend für Wärme und Geborgenheit. „Bist Du noch da?", ruft John herüber. Natürlich, sie wechselt nur zu gerne den Ort. Schon im nächsten Moment empfängt sie ein satter Kreis an Helligkeit vor ihren Füßen. Wie eine Markierung, die zum Platznehmen einlädt. „Die Lampe ist besser als gar nichts. Ich habe eigentlich eine richtige. Mit so 'ner Leuchtstoffröhre", er lenkt den Kegel über den Teppichboden weiter in den Raum hinein. Plötzlich gleißen zwei große Punkte zurück. „Da!", ruft Cathleen erschrocken, „Am Schrank!" Noch ehe unser Hausherr die Richtung korrigieren kann, flüchtet das Objekt zur Glastür. „Links!" „Ja", er schwenkt hinterher. Wieder funkelt es gelblich-grünlich zurück. „Ach Du lieber Himmel, ich fass' es nich'!" Genauso verschreckt wie unsere zwei, kauert ein flauschiges Stück Fell an der Bodenschiene. „Wir tuen Dir nichts", Cathleen's Worte dienen eigentlich mehr der eigenen Besänftigung. Ihr Adernklopfen war ziemlich gestiegen. John ist zutiefst sauer: „Dieses Mistvieh! – Nachbar's Katze. Hch!"

Nachdem der eingeschlichene Gast in die Freiheit expediert wurde, nehmen unsere beiden wieder Platz auf dem Sofa. Jeder genehmigt sich einen kräftigen Schluck Cocktailmischung. „Und Du dachtest, es würde hier spuken." „Ich dachte eher, Du dachtest das, mh?", feixt die junge Dame erleichtert zurück. „Ich habe kein Problem damit." „Sehr gut", übertreibt sie, „dann wirst Du mir sicher das Ende Deiner Story verraten." „Nein, warum?" „Hn?", ungläubig vergrößert sie ihre braunen Augen. „Ohne Gegenleistung?" „Oh, Gegenleistung", sie öffnet ein Stück den Mund, wobei sie fesch die Zungenspitze am Gaumen anstößt, „So ist das. Du willst also eine Gegenleistung. Mhm. Sehr interessant. – An was hattest Du denn so gedacht?", kess reicht sie den Spielzug weiter. Nach Agieren muss *Re*agieren folgen. Zum Glück verfälschen die Kerzenflammen jedwede Färbung, besonders die des Gesichtes. Seines muss ziemlich glühen, denn aus einem harmlosen Scherz wurde schon wieder ein Fettnapf: „Eh – an – an was ich gedacht habe?", die Gegenfrage soll eine eventuell missverständliche Richtung begradigen, „An was würdest *Du* denn denken?" „Ich?", lächelt sie, bevor sie ihre

Wangen dezent aushöhlt, „ Ich dachte, *Du* würdest die Bedingungen stellen. Ihr Männer seid doch immer so unbeschreiblich phantasievoll – von einer Frau eine Gegenleistung zu erwarten, hm ?“ „Also, eigentlich wollte ich nur, dass Du – eh – niemandem wirklich nichts erzählst. Ich mein' keinem. Also ...“ „... noch nicht mal Edi“, vergnügt sie sich. Er greift in die Pralinenschale: „Dann – dann kann ich's ja gleich in die Zeitung setzen.“ „Na, na, na“, sie nähert sich mit ihrem Kopf zielsicher dem seinen, ihr Ton bekommt einen unwiderstehlichen Klang: „Bei mir hingegen brauchst Du Dir keine Sorgen zu machen, ich bin die verschwiegenste Frau, die Du je in Deinem Leben kennen gelernt hast. Und die einzige, die Du je wirklich kennenlernen wirst. Mh ?“ Eine Formulierung, die einem Stromstoß gleichkommt. Cheroly's aggressiver Stil in Verpackung von Cathleen ? Was braut sich denn da zusammen ? Im Rücken wird's wärmer als an den Backen. Ob er will oder nicht, sein Blick landet wie magnetisiert in ihren herrlichen Augen; ohne dabei zu bemerken, dass eine ihrer Hände das Amulett anklammert. „Gut. Ich – eh – war bei Herrn Alhoger, glaube ich“, rettet er sich, um nicht in den Empfindungen der Sehnsucht zu ertrinken, „Im Wald. Genau. – Er war noch im Wald. Ja, es muss eine ordentliche Weile gedauert haben, bis er die Augen wieder geöffnet hatte. Sagte er. Und er konnte sehen ! Richtig. Nur das, was er sah, ließ ihn erschrecken. Es war weniger die Dramatik der Situation, als die Unkenntnis. Ob Himmel oder Hölle, es ließ sich nicht einkategorisieren. Er musste husten. Die Kehle reizte. Rauh und eng fühlte es sich an. Im Grunde am gesamten Körper. Von der Nässe der Kleidung ganz zu schweigen. Nach kurzem Schließen, riss er erneut die Augen auf. Eine helle Fläche über ihm strahlte herab. Durch Streifen erkannte er den grauen Himmel. Kleine Lücken brachen zwischen den Wolken hervor. Er versuchte den Kopf zu drehen. Da schnürte es ihm noch deutlicher am Hals. Wer hielt ihn gefangen ? Langsam erwachte er aus seinem Zustand. Äste und Zweige stapelten sich vor dem Gesicht. Wie eine Hand hatte ihn eine Gabel eingeklemmt. Mit der Zeit gelang es, herauszurutschen. Rückwärts. Schwer tat er sich. Die Kraft fehlte. Wieder zehrte es an den Nerven. Eine Verweilpause musste her. Der Regen schien nachgelassen zu haben, lediglich die Bäume tropften. Nach weiteren Versuchen hatte er es geschafft.

Was eine Qual. Wackelig stützte er sich irgendwo auf, bis er endlich stand. Meine Güte. Eine ganze Baumkrone lag da. Der passende Stamm ragte wie ein überdimensionaler Zahnstocher gen Himmel. Abgespalten. Vermutlich vom Blitz. Der nächste Gedanke suchte nach einer Erklärung: Warum war er hier? Natürlich – wegen Malita! Die Erinnerung sickerte durch. Er sah sich um, sah nach vorne, zum Boden, zu den Büschen und Bäumen und drehte sich ein weiteres Mal im Kreise. Niemand da. Wie vom Erdboden verschwunden. Er begann sich durch das Laub des Geästes zu graben. Fehlanzeige. Der Puls sprudelte. Ja sollte denn – sollte denn wirklich, leibhaftig – er japste nach Luft – der Teufel seine Schwester geholt haben? Voller Angst schlug er ein Kreuzzeichen: »OH HERR – ICH –«, weiter wusste er selbst nicht. Er fühlte sich plötzlich unheimlich verlassen. Armselig und ausgestoßen. Diese Erkenntnis formte die Furcht von neuem. Noch stärker. Noch intensiver. Was wäre, ja, was wäre, wenn der Herrgott auch ihn verstoßen würde? Wenn der Teufel noch immer in der Nähe wäre? Oder zu Hause auf ihn wartete? Wenn es dunkel würde? Um Mitternacht?? Oh grausiger Gedanke. Vielleicht wäre es besser, die Nacht woanders zu verbringen. Noch einmal schaute er die Stelle längs. Unglaublich. Sollte er eine neue Chance bekommen haben? Oder hatte er schlicht Glück? Nein, es war Teufelswerk, ein Kampf der Elemente. Gut gegen Böse. Und Malita von nun an im Reich des Ewigen. Lediglich die Seite blieb unbekannt. Ein weiteres Kreuzzeichen musste her. Die Angst saß an jedem Knochen, in jedem Gelenk. Unbeholfen krabbelte er aus der Mitte der Krone, um endlich von allem Abstand zu gewinnen. Er würde mit niemandem darüber reden. Mit keinem. Wenn nicht, ja, wenn nicht die Brüder da plauderten. Am Ende schöben sie die Schuld auf ihn. Sie würden glatt behaupten, *er* hätte Malita getötet. Und man würde ihnen glauben. Des eigenen Friedens wegen. So unsinnig es auch wäre.

Er kletterte jetzt lieber quer. Das war kürzer und ging schneller. Wenn es allerdings keine Leiche gab, gab es auch keinen Täter. Am liebsten würde er noch am selben Tage Birkenbach verlassen. Über Nacht ausziehen. Heimlich, ohne viel Aufsehen. Was auch immer man von ihm denken möge. Wo aber sollte er hin? Die wenigen Habseligkeiten, die er besaß, brachten kein Geld. Das einzige, was ihm blieb, war das Haus. Das wertvollste, weil es ein schuldenfreies Eigentum war. Seine Füße stapften mal hierhin, rutschten mal dort über das feuchte Holz, bis ein Zweig unter ihnen nachgab und wegknackte. Hoppla, das Bein sackte tief in das grüne Laub hinein. Hurtig stemmte er sich auf den schweren Ast vor ihm. Leider ohne Erfolg. Der Fuß hatte sich verkeilt. Seltsam. Man konnte ihn drehen, wie man wollte. Als würde er von jemandem festgehalten. Mit schwacher Kraft klammerte die eine Hand am Holz, die andere begann zittrig nach der Ursache zu graben. Einfach war es nicht. Das dichte Zweigwerk blieb hartnäckig. Man musste mehr tasten, als man sehen konnte. Blind durch die Blätter hindurch, bis – bis es sich unbekannt anfühlte. Das war kein Laub, auch keine Rinde, kein Moos und kein Matsch, was er da erwischt hatte! Er traute sich die zweite Hand zu nehmen, um einen freien Blick zu schaffen. Stoff kam zum Vorschein! Haut! Das konnten nur Malita's Beine sein, in die er sich verhakt hatte! Panik jagte durch den Körper. Wild brach er alles Gestrüpp und Astwerk weg, wie es nur ging. Was er dann zu Gesicht bekam, war weitaus entsetzlicher! Ihre Finger krallten um seinen Knöchel. Starr wie Stahl. Demnach musste sie leben! »MALITA ! – HÖRST DU MICH ?? MALITA !!«, er würgte und zappelte wie ein Tier in der Schlinge. Wenn bloß die Zweige nicht gestört hätten. Kein Befreiungsversuch wollte glücken. Er bückte sich schließlich erneut, zwängte seine Hände durch das Wirrwarr und begann mühevoll die Finger zu lösen. Eine Sisyphusarbeit. Jeder Augenblick glich einer Stunde. Endlos wurde es ihm. Und schwindelig. Mit einem Male verlor er das Gleichgewicht und kippte vorne über. Ein spitzer Asttrieb ritzte sich diagonal über seine Stirn. Gerade noch am Auge vorbei. Der Schmerz holte ihn zur Besinnung zurück. Ja, er empfand noch Schmerzen. Erstaunlich. Doch zum Jammern fehlte die Ruhe. Eine große Verrenkung verhalf zum Erfolg. Der Fuß konnte geborgen werden. Nun begann eine schwere Arbeit. Er werkelte und rupfte, was das Zeug hielt. Seine Schwester durfte nicht sterben. Erneut gesellte sich Wind hinzu, manche Boe patschte das Laub ins Gesicht. Vielleicht stellte er sich auch nur zu unklug an. Bei dem mächtigen Kronenast versagten die Kräfte. Aus und Ende. Man konnte schieben, drücken, zerren – nichts tat sich. Wie ein Gefängnisgitter lag das Baumteil über ihrem Oberkörper. Herr Alhoger rang wieder nach Luft. Das Herz machte Schwierigkeiten. Zu groß waren die Anstrengungen, zu derb die Belastung. Ein wenig Husten löste zwar Schleim, aber nicht das Problem. Er kletterte neben sie, beugte sich herab und befühlte nochmals ihre Haut. Das verschmutzte Gesicht sah gebrochen aus. Leblos. Verlassen. *»MALITA«*, Tränen quollen aus seinen Augen, *»BITTE VERGIB MIR.«* Gerade wollte er in Gedanken versinken, als ihn ein Rascheln davon abhielt. Wie ein aufgeschrecktes Kaninchen riss er den Kopf empor, schaute in alle Richtungen und lauschte aufmerksam. Düster wurde es langsam wieder, denn neuen Wolken kam die Abenddämmerung zu Hilfe. Da! Es raschelte nochmals. Nein, es waren gar Stimmen! Es wisperte und tuschelte! Er erhob sich, schaute aufgeregter umher. Wer war da? *»HALLO?«,* rief er leise. Nichts und niemand war zu erspähen. Man konnte gucken, wohin man wollte. Und doch schien etwas ganz dicht bei ihm zu sein. Ja, es wurde stärker und unheimlicher. Es steigerte sich. Die nassen Haare begannen Kräusel zu bilden. Wo war es? Hinter ihm? Neben ihm? Er stapfte rückwärts. Aufmerksam. Drehte sich dann blitzschnell. Ein Angstrausch packte ihn. Er begann zu laufen. Irgendwohin. Am Kreuz vorbei, quer durch das Gehölz. Sträucher griffen wie Hände, Äste wollten ihn stoppen. Was war das für ein Murmeln? Wer kicherte da? Der Wald war verflucht! Hilfe!! Vor ihm sprang ein Ungetüm in die Höhe, er rannte zurück. Vielleicht ein Hirsch? Oder ein Riese? Es konnte nur der Satan sein. Leibhaftig! Garantiert! Spielchen trieb er mit ihm! Böse Spiele! Er rannte zur Seite. Dieser Seelenfänger!! Die Luft wurde knapp. Nein. Er bremste. Nein, nein, nein. So ging das nicht weiter. Ein Baum wurde zur willkommenen Stütze. Tief durchatmen, besinnen, lauschen. Besser: nicht mehr lauschen, nicht mehr atmen, nur noch besinnen. Am besten: sterben. In Frieden. Mein Gott, mein Gott. Konnte es sowas geben? Nässe, fades Licht, Angst. Totale Einsamkeit. In der Ferne flackerte eine Wetterleuchte. Oder die Flamme der Unterwelt? Wieder war was in der Nähe. Erschrocken sprang er zur Seite. Dabei rammte er sich eine Verzweigung in die Rippen. Der Schmerz schaffte es nicht, die Panik zu verdrängen. Bloß weg hier. Weg von diesem Ort. Seine Schwester war tot. Damit musste er leben. Aller Spuk am Ende nur Hokuspokus. Einbildung. Hoffentlich. Niemand konnte ihn beschuldigen. Im Gegenteil, der Baum war verantwortlich.

Er hat sie erschlagen. Nein, wie ungerecht. In Wahrheit waren es doch die zwei Brüder. Sie alleine tragen die Schuld. Jawohl. Ohne sie wäre das nicht passiert. Herr Alhoger stützte den Kopf an den Stamm. Die wunde Stirn ignorierte er. Wenn er Malita schon nicht im Leben helfen konnte, dann musste er es im Tod. Es wäre gerade zu verwerflich, sie liegen zu lassen. Dies verstieß eindeutig gegen die Sittlichkeit. Man mag dazu stehen, wie man will. Sie brauchte endlich Frieden. Ewigen Frieden. Richtigen Frieden. Er richtete sich auf und drehte sich um. Geisterhaft wog das Gehölz seine Wellen. Wenn doch alles nur ein böser Traum wäre. Bloß, ein Erwachen war leider nicht in Sicht. Schlimm.

Mit Herzrasen erreichte er die Unglücksstelle. Ohne Veränderung hing Malita eingeklemmt im Grünen. Wenn man es genau nehmen wollte, mehr eingebettet. Nicht direkt aufgebart, aber fremdartig. Verwunderlich seltsam. Für einen Moment besah er sich ihren Körper. Ein weiteres Mal schlich eine Gänsehaut den Rücken entlang, begleitet von Ekel und einer unglaublichen Ohnmacht. Warum er ? Warum das alles ? Er biss auf seine Unterlippe, bückte sich, packte ihre Füße und zog mit aller noch verfügbaren Gewalt, bis er sie tatsächlich befreit hatte. Erstaunlich, es ging. Nun lag sie vor ihm. Was jetzt ? Wohin ? Als erstes wechselte er die Seite. Vom Kopf her griff er zwischen ihre Arme, stemmte sie hoch und wechselte unter ihre Schultern. Der Kopf schlackerte, die Hände hingen wie bei einer Puppe hinab. Leicht war sie nicht. Er hatte ordentlich Mühe. Sollte er sie mit nach Hause nehmen ? Ein Gedanke, der im Grunde unmöglich schien. Wie sollte man ungesehen durch den Ort kommen ? Am liebsten hätte er sie auf dem Friedhof bestattet. Sie hätte es verdient. Aber alle solche Taten waren undenkbar. Irgendwann gäbe es einen fürchterlichen Tumult. Da kam ihm die Erinnerung, dass ganz in der Nähe einmal eine kleine Grube ausgehoben wurde. Schon seit Monaten kümmerte sich niemand mehr darum. Eigentlich ein idealer Platz. Weitab von allem. Bestimmt auch in ihrem Sinne, wo sie die Leute nur als böse erfahren hatte.

Also machte er sich auf den Weg. Ein Abenteuer für sich. Schrittchenweise zog er seine Schwester rückwärts durch den Wald. Ihre Füße schleiften über

Gräser und Laub. Manchmal blieben sie hängen, dabei ruckte der ganze Körper. Jedes Mal stoppte Herr Alhoger. Anfänglich fragte er noch nach, denn es fühlte sich an, als ob sie wieder zum Leben erwacht wäre. Im Laufe der Prozedur aber trieb ihn ein neues beklemmendes Gefühl an. Er wollte endlich den Wald verlassen. Denn wieder schien es, als schlichen unsichtbare Gestalten um ihn herum. Nervös blinzelte er, weil die Finsternis stärker wurde. Man sah kaum noch, wo man hintrat. Ein Zweig streifte die verletzte Stirn, irgendwo knarrte es, leises Quietschen und Hecheln lenkten ab. Schnaubte es? Flüsterte es? Mit einem Male schien es dezent heller zu werden. Eine Sinnestäuschung? Er drehte den Kopf. Nein, der Waldesrand war erreicht. Am Himmel glitten Wolken längs. Ihre Konturen reflektierten die letzten Strahlen der fernen Sonne zur Erde. Die Nacht lauerte unaufhaltsam. Ringsum, überall. Auf den Feldern weit und breit keine Menschenseele. Und vor ihm bereits die Grube, direkt unter einem heranwachsenden Obstbaum. Das wurde auch Zeit. Der Körper machte schlapp. Jede Muskelfaser peinigte. Vorsichtig trat er in das unkrautbewachsene Loch und legte seine Schwester ab. Ganz behutsam, ganz sacht. Wie es sich gehört, den Kopf ein Stückchen erhöht. Als würde sie auf einem Bett liegen. Ihre nassen Haare glättete er, legte die Arme seitlich an. Diese Positur schien noch nicht perfekt. Die Hände sollten über dem Bauch gefaltet werden. Ja, so kannte man es von manchen Begräbnissen. Aber wie er es auch probierte, es wollte nicht gelingen. Sein Griff wurde fester. Beharrlich presste er ihre Finger zusammen, um sie ineinander verschränken zu können. Doch sie fanden keinen Halt. Gewiss, die Starrheit spielte einen Streich. Andererseits begann er vielleicht einen Frevel damit? Ausgerechnet sie in einer solch andächtigen Pose? Er ließ die Glieder los, in der Hoffnung, nicht selbst noch in Ungnade zu fallen. Falls es nicht längst zu spät war. Um ihn herum tänzelte die Luft. Farne und Unkräuter rieben aneinander, ungewöhnlich raschelte das Laub. Er drehte seinen Kopf nach links, nach rechts, bevor er sich recht unsicher zu seiner Schwester hinabbeugte, um ihr einen Abschiedskuss zu geben: *»VERGIB MIR.« »OH NEIN, FRANCO, ICH WERDE MICH RÄCHEN! DIE WELT SOLL VERDERBEN! UND DU MIT!!«* Schreiend sprang er auf, rannte zur Seite, mitten durch den nächsten Busch. Das Herz raste, riss bald entzwei. Wie von Sinnen durchbrach er das Tor der Zweige, bis er in Dornen feststeckte. Hatte er das richtig gehört ?? Hatte sie mit ihm gesprochen ??? Panisch geiferte sein Blick zurück. Höllenkram und Teufelszeug !! Einmal muss doch Schluss sein ! Ja, es muss Schluss sein. Es muss ! *Er* muss Schluss machen, damit ! Auf der Stelle !! Seine Atmung überschlug sich, das Blut kochte. Regen stellte sich ein. Wie gehabt. Passender ging es kaum. Er schob die nassen Zweige beiseite, um besser zur Kuhle sehen zu können. Niemand war ihm gefolgt, niemand stand an jener Stelle. War er krank ? Es war eindeutig ihre Stimme gewesen. Fest und klar. Hundert Schwüre könnte er leisten. Er verschaffte sich mehr Platz. Das Grünzeug beengte kolossal. Mutig trat er schließlich zurück nach vorne. Die Augen kreisten in alle Richtungen, obwohl es von den Wimpern tropfte und die Pupillen eintrübte. Da, der Himmel flackerte ! Das nächste Gewitter zog auf. Sowas ging nicht mit rechten Dingen zu ! Jetzt war *er* gefragt. Die Zeit war gekommen. Selbst wenn es seine letzte Aufgabe sein sollte. Er ballte die Hand zur Faust, schlug mit dem Daumen ein Kreuzzeichen, steigerte seine Courage und ging zielstrebig los. Egal, ob die jungen Triebe ins Gesicht schnippten oder einer seiner Füße am Boden stolperte. Er fühlte Wärme in seinem Bauch. Das Herz schlug deutlich langsamer, dafür härter. Richtig kräftig und laut. Er presste die Nägel ins Fleisch, so eng rollte er die Finger. Irgendwie fühlte er sich mit einem Male leichter. Stand Gott ihm bei ? Oder war er selbst besessen ? Am Aushub angekommen, trat er schwungvoll gegen das aufgehäufte Erdreich. Vier, fünf, sechs Mal, als wäre es das Natürlichste der Welt. Leider klebten die Brocken derart aneinander, dass der Erfolg nur gering blieb. Zu lange hatte sich der Boden setzen können, Wurzeln taten ihr übriges. Dennoch rollte mancher Klumpen auf den leblosen Körper; stieß an oder sprang mitten darauf. Zielsicher. Ein grausiges Szenario. Was wäre, wenn sie am Ende bloß scheintot wäre ? Wieder umschlang Herrn Alhoger ein Schaudern, doch diesmal schien es zuzubeißen ! Er zuckte und seufzte und begann wie von Sinnen mit den bloßen Fingern die Erde hinabzukratzen. Aus dem Kratzen wurde ein Schieben. Bahn für Bahn. Einige Körner setzten sich in Malita's Mund, andere in ihre Augen. Das Regenwasser glich flüchtenden Tränen. Ein Stock purzelte in ihre Hand, wie als letzte Mahnung, Einhalt zu gebieten. Doch schon warf ein Brocken ihn zur Seite. Es folgten Kräuter wie Unkräuter. Laub, Würmer, Steine. Herr Alhoger scharrte und schaufelte. Sein Eifer kannte keine Grenzen. Erst als das Herz stach, verschnaufte er. Eine kritische Phase. Besonders beim Anblick seiner Tat. Bis auf einen Zipfel der Nase und einen Teil der Stirn war der gesamte Körper versunken. Abgetaucht in eine fremde Welt; geopfert den Mächten der Ewigkeit. Für immer. Ein Weg ohne Wiederkehr. Der Himmel zerstreute den Anflug von Trauer, Blitz und Donner drängten auf eine Entscheidung. Herr Alhoger sah kurz nach oben. Um Vergebung bittend setzte er sein Werk fort. Mit fast nie gekannter Kraft wälzte er alles Erdreich in die Kuhle, bis sie ähnlich Malita's Existenz vom Erdboden verschwand. Dem Zusammenbruch nahe, legte er Äste und Steine als Abschluss über die Fläche. Nun war sie statt beerdigt, regelrecht verscharrt. Ohne Zeremonie, ohne Erinnerung. Für niemanden mehr auffindbar. Hoffentlich. —

Ich sah, wie Herr Alhoger sich in seiner Erzählung gesteigert hatte, der Kopf leuchtete tiefrot und war verweint, als es urplötzlich einen fürchterlichen Schlag gab, einen Knall, und wir beide hockten im Stockdunklen. Völlig erschrocken, fragte ich, was passiert sei. Eine Antwort erhielt ich nicht. *»Herr Alhoger ?«*, meine Zähne begannen zu klappern. Durch die Geschichte bereits derart verunsichert, war diese Leere, diese aufkommende Stille wie eine Endzeitstimmung. Unerträglich. Ich bekam es mit der Angst zu tuen und erhob mich: *»F-Franco ?«* Er sagte nichts. *»Hallo ?«* Mir war zwar, als hörte ich ihn atmen, aber es klang schwer. Wenngleich nicht kritisch. Sofort begann ich nach meiner Taschenlampe in der Jacke zu wühlen. Dabei merkte ich, dass das Geräusch aus einer anderen Ecke kam. Mehr vom Fenster her. Es war kein Atmen. Vielleicht Regenrauschen. Endlich hatte ich die kleine Lampe. Vor lauter Hektik natürlich noch falsch herum. Sie sollte nicht *mich* blenden, sondern *ihn* beleuchten. Wie das so geht. Als ich den Lichtstrahl schließlich auf sein Gesicht richtete, wäre ich im ersten Moment beinahe abgetreten. Es sah richtig geisterhaft aus, so starr, verzerrt, einfach grässlich, irgendwie gestorben. Besonders, weil seine Augen nicht mal reagierten. Aber er musste noch leben. Der Haltung nach. Er schwebte wohl nur wieder in einer anderen

Welt. Ich leuchtete kurz durch das ganze Zimmer. Erst jetzt merkte ich, dass draußen die Lampen überall funktionierten, nur hier drinnen war es dunkel, in seinem Haus. Vorsichtig leuchtete ich ihn erneut an, wobei ich ein Stückchen an der Tischkante längs schleifte, zu ihm hin: *»Herr Alhoger?«* Wie benommen nahm er seine Hände vor's Gesicht. Endlich eine Reaktion. *»Was is' passiert?«* Leise begann er zu schluchzen: *»Es – es ist v-vorbei«*, und weinte bald bitterlich. Dabei wackelte der gesamte Körper. War es Aufregung oder Entspannung, ich konnte es nicht definieren. Ich ging zu ihm, klopfte leicht auf die Schulter und überlegte, wo der Sicherungskasten wäre. Vermutlich hatte ein Kurzschluss für den Stromausfall gesorgt. Da es auf eine weitere Frage wieder keine Antwort gab, ließ ich ihn alleine und machte mich selbst auf die Suche. Am wahrscheinlichsten war der Keller.

Weit kam ich zunächst nicht. Denn schon im Treppenhaus hielt ich inne. Die kleine Funsel in meiner Hand warf große Schatten. Schatten, die sich mit Leben erfüllten. Obwohl lediglich meine Bewegungen Schuld waren. Ohne Zweifel, dieses Haus hatte trotz seiner Schlichtheit einen unheimlichen Charakter. Ich zögerte. Sollte ich nun da hinunter oder lieber wieder zurück zu Herrn Alhoger? Konnte man es verantworten, ihn alleine zu lassen? Wie ich so nachdachte, verspürte ich einen Sog. Einen Sog im innersten meiner Brust, der mich unweigerlich nach vorne dirigierte und mir einbläute, meinen Weg fortzusetzen. Knarksend schritt ich Stufe für Stufe hinab. Die Eingangstür rückte näher. Auf gleicher Ebene machte ich eine 180-Grad-Drehung nach links, schaute nochmals nach oben ins Dunkle und begab mich weitere sieben Stufen tiefer. Diesmal Steinstufen. Ich wurde den Eindruck nicht los, als wäre etwas um mich herum. Vor mir, hinter mir oder über mir. Die ganze Situation hatte sich so weit in mich hineingefressen, dass ich mich andauernd beobachtet fühlte. Aber wem geht das nicht, in einer unbekannten Umgebung? Wie ich so leuchtete, stand ich vor der Wahl: Geradeaus oder rechts. Links das Türchen unter der Treppe schien eher eine Besenkammer zu sein. Ich entschied mich für geradeaus. Rein vom Gefühl. Obwohl dieses Gefühl von dem anderen, undefinierbaren beeinflusst schien. Ein Gemisch aus Bleiben, Gehen, Umkehren und einer Spur Abenteuerlust.

Im nächsten Moment allerdings wechselte es rapide zu dem, was *ich* verkörpere: Polizist. Kurzerhand überwältigte ich die uneinigen Teile in meinem Innersten und bewegte mich vorwärts. Vorbei an einem Regal bog der Gang im rechten Winkel ab. Die steinerne Decke drückte, es begann muffig zu riechen. Als unangenehmer empfand ich die diffuse Reflektion des Schalles. Ja, es war mir wohl vorher nicht sonderlich aufgefallen. Das leicht hohle Echo, wie es in leeren Kellerräumen ansonsten üblich ist, fehlte. Nun gut, vielleicht schluckte das unverputzte Mauerwerk des Sockels die Geräusche. Vorsichtshalber drehte ich mich noch einmal um, leuchtete soweit es ging. Der kleine Lichtkegel schaffte nicht mal bis zu den Stufen zu gelangen. Nun gut, man soll es auch nicht übertreiben. Ich ging rechts die Winkelung weiter und sah schon das gesuchte Objekt. Ein montierter Metallkasten, zu dem viele Aufputzleitungen strebten. Demnach eindeutig. Leider genauso eindeutig: das Verblassen meiner Lampe. Rapide wurde sie dunkler. Bei leeren Akkus normal; für Batterien, finde ich, ungewöhnlich. Eventuell waren auch bloß die Kontakte angelaufen, ein Hauch oxydiert. Ich wollte das Gehäuse nur lieber zulassen, bevor ich völlig im Dunkeln stehen würde. Es folgte der Griff zur Kastenklappe. Innen zeigte sich alles geordnet; klein, aber fein. Großer Nachteil: Ausnahmslos alte Schraubsicherungen. Wo soll man bei denen anfangen? Die Antwort gab ich mir nicht, denn ein Geräusch schräg hinter mir sorgte mal wieder für Unwohlsein. Zuerst wartete ich, drehte mich dann blitzschnell um: *»Herr Alhoger?«* Negativ. Niemand da. Dabei war ich mir völlig sicher, Schritte gehört zu haben. Wirklich. Vorsichtshalber schlich ich zu dem Winkel, um in den Gang Richtung Treppe spähen zu können. Fehlanzeige. Besonders, weil unter Flackern die Taschenlampe mich endgültig verließ. Himmelherrgott! In fremden Gemäuern und alles stockduster. Schöne Bescherung. Dank meines Orientierungssinnes wusste ich den Weg ziemlich genau. Notfalls wäre ich bis zur Haustür hoch und 'raus auf die Straße gelaufen. Im Auto hatte ich ja schließlich noch eine professionelle Polizeilampe. Aber wieder hielt mich irgendetwas, zu bleiben. War es diesmal Höflichkeit, Neugierde oder schlicht Furcht? Ehrlich gesagt, und nur unter uns, glaube ich, tendierte es zur Furcht. Die Rolle des Dienstlichen bröckelte unaufhaltsam, denn niemand wusste, dass ich mich dort aufhielt und es sollte genau genommen auch niemand erfahren.

Niemand von uns, vom Präsidium. Leicht ungeordnet schob ich den Deckel an den Batterien auf und begann sie in der Halterung zu drehen. Sieh da, glücklich strahlte die Birne. Wobei es im Grunde mehr meine Augen waren, die vor Freude leuchteten. Hauptsache ich konnte wieder etwas erkennen. Manches ist halt einfacher, als man denkt. Noch ein Blick in den Gang und zurück ging's zum Kasten. Nach vieler Probiererei stellte sich heraus, dass die Hauptsicherung ihren Geist aufgegeben hatte. Blieb am Rande die Frage, warum. Möglicherweise lag es an den veralteten Leitungen, da nach der Anzahl der Ersatzsicherungen diese Erscheinung kein Einzelfall sein konnte. In wieweit der Tausch allerdings erfolgreich war, ließ sich auf Anhieb leider nicht testen. Es blieb nämlich weiterhin dunkel um mich herum. Wahrscheinlich hätte ich erst einen Schalter ausfindig machen müssen. Herr Alhoger lebte halt sparsam.

Ich schloss den Stromkasten. Kaum rastete die Klappe ein, vernahm ich ein leises Knarren. Wie eine Tür, die leicht quietscht. Allerdings nicht oben, wo Herr Alhoger war oder sein sollte, sondern offenbar quer hinter mir. Im Gang um die Ecke, Richtung Hauseingang. In Windeseile wetzte ich dorthin, leuchtete alles ab und stand wieder verloren da. Nichts und niemand. Es sei denn, das Geheimnis verbarg sich hinter der grauen Tür. Oder in der Treppenkammer schräg gegenüber. Mein Blick fiel zurück nach links. Je länger ich das hölzerne Kassettenmuster betrachtete, desto mehr fühlte ich mich dorthin gezogen. Etwas Undefinierbares schien von dort auf mich einwirken zu wollen. Nein, tat es gar, denn ich näherte mich der Tür und fuhr mit der Lampe ganz dicht den Schlitz zum Rahmen entlang. Sie war nicht angelehnt, sondern zu. Merkwürdig. Hätte sie jemand geschlossen, dann hätte man das Einrasten hören müssen. Aber, wie gesagt, mancher Schall ging offenbar verloren. Leise neigte ich den Kopf an das Holz; soweit, bis mein Ohr gut aufgelegt war. Außer meinem eigenen Pulsschlag hörte ich nichts. Der Eifer quoll plötzlich gnadenlos in mir hoch. Zu sehr reizte das Verlangen auf Antwort. Ob Macht oder Magie, die Hand fuhr bereits zur Klinke, drückte und ließ sprunghaft los, weil über mir das Licht anging. Damit hatte ich nicht gerechnet. Wie aus einem Trancezustand erwacht, vernahm ich, dass oben jemand die Holzstufen betrat. Anscheinend musste sich Herr Alhoger aufgerappelt haben. Ich wechselte zur Treppe und ging ihm entgegen. Ja, er war es. Einerseits eine Erleichterung, andererseits keine erfreuliche Begegnung. Seine Laune schien ziemlich abgesunken. Um ihm den Wind aus den Segeln zu nehmen, sprach ich ihn direkt an. Doch meine Mutmaßungen über die Ursache des Stromausfalles wollte er gar nicht erst anhören. Noch mitten im Satz unterbrach er mich, befahl unten zu bleiben und zu gehen. Ja, es war ein Befehlston. Deutlich und vor allem stotterfrei. Anstandshalber fragte ich nach seinem Befinden. *»Raus ! Sofort !«*, fauchte er mit auf mich zielendem Zeigefinger. Wie Du weißt, liebe Cathy, kannte ich das schon. Was mir allerdings nicht gefiel, waren diesmal – sagen wir – gewisse dämonische Züge in seinem Gesicht. Mag sein, dass die Story und die Sache mit dem Licht meine Nerven arg ramponiert hatten, aber manche Dinge soll man nicht übertreiben. Immerhin war ich alleine und unbewaffnet. Er riss bereits die Haustür auf, unterdessen ich noch eine Kleinigkeit entdeckte: *»Würden Sie mir erlauben, dass Bildchen dort mitzunehmen ? Ich bringe es Ihnen morgen wieder.«* Verbiestert schwang er sich zur Wand, rupfte es vom Nagel, dass die Aufhängung abfiel und drückte es mir in die Hände: *»Ich will es nicht zurück ! Nehmen Sie es und kehren Sie NIE wieder !«*, schnaubend zeigte er auf die Straße, *»Begreifen Sie ?? NIE UND NIMMER !!«* Mir wurde warm. Entgeistert guckte ich auf das Bild, trat nach draußen und wollte wieder den Blickkontakt zu ihm aufnehmen, er aber warf schleunigst die Tür zu, dass das Metallschloss nur so scheppterte. Da stand ich nun. Für einen Moment wie benommen. Kräftiger Wind blies mir seitlich um die Ohren, zusammen mit einem ganzen Schwall Laub. Ich schaute hinunter auf das Portrait. Ja, es war das selbe, wie es oben in seinem Zimmer hing. Komisch. Mir war das nie vorher aufgefallen. Weitaus komischer fand ich dann, dass mitten auf dem Gesicht ein Blatt landete. So, als schämte sich das Mädchen und wollte den Kopf verdecken. Dabei sollte eher ich mich schämen, denn ich hatte die ganze Situation überreizt. Und der Rauswurf war nun der Dank dafür.

Tja, nun hatte ich tatsächlich erfahren, wo die Leiche von der Umgehungsstraße herkam. Es war also seine Schwester. Seine Schwester, die er einst selbst im heutigen Neubaugebiet begraben hatte. Direkt an einem Obstbaum. Nämlich genau jener, von dem der Wirt im Ort gesprochen hatte. Ein Ding für sich. Durch den Aushub muss sie wohl von dort unbemerkt an jene Position der Kreuzung gelangt sein, wo sich die Unfälle ereigneten. Fast exact in der Mitte lagen die Knochen verstreut. Zufällig. Sozusagen als Krone der Geschichte." „Wahnsinn", Cathleen nickt verkrampft mit dem Kopf, „Das ist einfach – Wahnsinn. Wirklich", ihre Hand bohrt sich ganz fest in die ihres Nebenmannes, „Und das soll sich alles so abgespielt haben ?" „Tja, hhh", er atmet tief aus, ein Seufzer ist unüberhörbar, „ich kenne im Grunde bloß die ermittlungstechnische Seite; den Rest muss ich genauso aus den Erzählungen entnehmen. Aber egal, ob wahr oder erfunden, es ist – es ist jedenfalls atemberaubend – Da, schau an, der Strom ist wieder da !" Geblendet blinzelt sie in die gedämpfte Raumbeleuchtung, indes sie in kleinen Ansätzen ihre Finger aus den seinen löst: „Ja, sieh mal an – einfach so. Hhhh. Das Gewitter scheint auch abgezogen zu sein. Fast. Da hinten flimmert es noch ein bisschen. – Ich denke, ich werde mich langsam mal auf den Heimweg machen." John schielt zu seiner Armbanduhr, wobei er kurzerhand den "Fluchtversuch" seiner Nachbarin unterbindet, indem er ihre Fingerspitzen festhält: „Naja, so spät ist es noch gar nicht. Ein halbes Stündchen bis Mitternacht. Außerdem möchte ich Dir – erstens gerne noch etwas zu trinken anbieten und zweitens – den Rest erzählen." „Den Rest ?", Cathleen richtet sich einige Centimeter auf, um den Kopf bequemer zu ihm drehen zu können. „Ja", haucht er mit Spannung in der Tonlage zurück, „Ein bisschen kommt noch. Ein ganz kleines bisschen." Ihre Augen schimmern. Die hochgezogene Stirn verrät Interesse. Er indes verlässt die unbeschreiblich sympathische Nähe, um Getränke zu holen: „Ich wollte auch ganz sicher gehen, ob unsere gefundene Leiche mit der Schwester identisch war. Am nächsten Tag stand aber erst mal eine Großaktion im Hafen an, und Herr Salmandrow, als Leiter, wirkte recht kribbelig. Gut, er war an dem Tag erheblich unter Erfolgsdruck. – Wie gesagt, es dauerte bis zum Nachmittag, als ich es endlich schaffte, das Bild mit der Computerrekonstruktion zu vergleichen. Und was meinst Du, es passte. Hach, das war richtig gut ! Stolz marschierte ich zu Detlef, der wohl leider keinen so guten Tag hatte. Ihm ging alles schief, meinte er, und er hätte mich am liebsten wieder 'rausgeschickt. Aber: *»He, ich hab's geschafft. Ich hab' Deine Leiche!«* Er wusste nicht gleich, was ich gemeint hatte. Seine Augen vergrößerten sich, wurden dann rasch schmaler, skeptischer: *»Wovon redest Du?«* Ich trat zu ihm an den Tisch: *»Nun, dies hier ist die Tote von der Kreuzung bei Birkenbach«*, dabei legte ich ihm das Schwarzweißportrait mitten auf seine Unterlagen, gefolgt von dem Laborbild, *»und dies die Rekonstruktion der Knochenteile.«* *»Hm«*, nachdenklich wackelte er mit dem Kopf, während er versuchte, eine Ähnlichkeit festzustellen, *»naja, allfällig – wenn man genau schaut, – hier fehlt auch der Zahn scheinbar – hm, gar nicht so übel. Gratulation«*, er griff nach seiner Pfeife und holte ein Tabakpäckchen aus dem Jackett hinter sich, *»Es ist das erste Positive für heute; – aber, wer ist das? Wie bist Du darauf gekommen?«* Innerlich hatte ich mit mehr Freude beziehungsweise Überraschung gerechnet. Offensichtlich ging es ihm wirklich nicht sonderlich gut, oder er verkannte das Ausmaß. Andererseits wusste er nichts von dem schaurigen Hintergrund. Noch nicht. Oder hoffentlich nicht. Wie man's sieht. Grob erklärte ich die Zusammenhänge, manche Dinge habe ich natürlich weggelassen. Besser ist besser. Trotzdem hörte er sehr aufmerksam zu, ließ sich sogar richtig ablenken. Ja, er merkte nicht einmal, dass seine Pfeife gleich wieder ausgegangen war: *»Und Du bist Dir einhundertprozentig sicher, dass es sich so abgespielt hat?«* *»Dann versuch' 'ne andere Lösung zu finden«*, entgegnete ich ihm, *»Interessant sind auch die Unfalldaten – von der Kreuzung: Am 3. Mai wurde sie geboren und am 22. August ermordet, genau an den Tagen ereigneten sich die Unfälle. Außerdem: Die Opfer sind seltsamerweise Männer plusminus in dem Alter, die sie umgebracht haben. Reichlich –«* *»Moment mal«*, unterbrach er mich, *»das ist doch der Punkt! Dieser Alhoger will doch die Mörder erkannt haben!«* *»Eh – Du hast Recht, ja«*, erinnerte ich mich, *»aber – er – eh, ich glaub', er sagte mir gar nicht die Namen. Ich weiß nur, dass es zwei Brüder gewesen sein sollen. ...«* Detlef drehte sich in seinem Chefsessel zur Seite, stützte einen Arm auf die Stuhllehne und starrte nachdenklich ins Leere. *»... Ist das denn wichtig?«* Oft tauchen Fragen erst auf, wenn man anderen den Zusammenhang mitteilt. So zum Beispiel warum gerade diese Zielgruppe von Opfern an den erwähnten Tagen dort unterwegs war. Eventuell auch zu der passenden Zeit? Genauso Zufall? Er schielte herüber: *»Das ist immer wichtig.«*

»*Aber der Krempel liegt leider schon 'n paar Jahre – eh, is' schon 'n Weilchen her und – merkwürdig genug*«, versuchte ich ihn vorsichtig zu überzeugen, »*Wir haben lediglich eine Aussage.*« Die Tür vom Raum ging auf, doch just im selben Moment schwenkte er zu mir zurück: »*Und das Bild ! – John, daraus machen wir was. Die Sache wird offiziell. Die Geschichte drumherum geht keinen etwas an, aber die Mörder schnapp' ich mir !*« Unser Vorgesetzter machte dezent auf sich aufmerksam, und fragte, worum es denn ginge. »*Nicht so wichtig*«, wiegelte Detlef ab, »*John, wir reden nachher weiter.*« »*So, nicht so wichtig*«, wiederholte Salantov, sah erst mich an, danach ihn. Ob er wieder mal etwas ahnte, weiß ich nicht. Scheinbar beruhigte ihn, dass mein Kollege mit mir zusammenarbeitete beziehungsweise umgekehrt. Wie auch immer, ich entschuldigte mich, um zu gehen. »*Wohin ?*« Ich nahm die Photos und sah Richtung Tür: »*Ich habe noch was abzugeben. Und das mache ich besser noch heute.*« »*Warte, ich begleite Dich !*«, schon sprang Detlef auf. »*Nein, lass' mal.*« »*John !*« »*Könnt ihr mir vielleicht höflicherweise sagen, was Ihr vorhabt ?*«, meldete sich der Dritte im Raum. Mir passte das alles nicht im geringsten. Ich wollte das Bild schlicht vor die Tür legen und wie versprochen die Sache auf sich beruhen lassen. Bedauerlicherweise hatte ich offensichtlich bei unserem Birkenbacher ein bestimmtes Interesse geweckt, obwohl er für – ich zitiere – "*faulen Zauber*" nichts übrig hatte. War das ein Irrtum ?

Eine halbe Stunde darauf trafen wir in seinem Heimatort am besagten Hause ein. Leider konnten wir den Wagen nicht direkt vor dem Gebäude abstellen. »*Na toll, ich hab' meinen Schirm vergessen*«, grummelte ich vor mich hin, »*und windig ist's auch.*« »*Die Frühjahrsstürme. Freue Dich auf den Sommer !*«, meinte er. Nach etlichen Schritten erreichten wir unser Ziel. Ich blickte die Fenster hoch: »*Es sieht alles recht dunkel aus.*« »*Wir klingeln trotzdem.*« Man konnte ihn nur selten von seinen Vorhaben abbringen. Glücklicherweise tat sich nichts. »*Komm, ich leg' das Bild vor die Tür und damit hat's sich.*« Seinen Blick brauche ich nicht zu kommentieren. Er presste nochmals den Klingelknopf. Umsonst. Kein Geräusch, kein Licht. Mir wurde es langsam kalt, von der Feuchtigkeit will ich gar nicht erst sprechen: »*Er wird wieder in der Kneipe hocken.*« »*Augenblick, John, – die Tür ist offen.*« Kaum ausgesprochen, drückte Detlef sie schon auf und betrat eifrig das Innere. Eigenartig, Herr Alhoger schloss stets ab, wenn er wegging. Wie ein düsteres Loch präsentierte sich das Treppenhaus. Die Straßenlaterne reichte gerade über den Abtreter hinaus. *»Hallo ?«*, ich lugte hinterher. *»Der Lichtschalter funktioniert nicht«*, merkte Detlef an, probierte noch zweimal. Da musste meine kleine Taschenlampe wieder herhalten: *»Soll ich die große aus dem Auto holen ?«* Kopfschüttelnd lehnte er ab; obendrein überzeugte mich der schräg einfallende Regen, der mich samt kräftigem Wind förmlich ins Haus wehte. *»Ist das ein Schmuddelwetter«*, sagte er und schloss hinter mir die Tür, *»Wo geht es jetzt lang ?« »Ich weiß nich', ob das richtig ist, hier so einzudringen. Wir sollten besser nochmal nach ihm fragen«*, flüsterte ich, nahm das Bild und leuchtete zur Wand. Ein erschreckendes Schaudern durchfuhr mich. Genau an der Stelle, wo es tags zuvor hing, prangte nun ein hölzernes Kreuz. *»Was ist ? Suchst Du was ?« »Nein«*, antwortete ich, indem ich den dürftigen Lichtstrahl zur Treppe leitete, die Stufen hinauf, *»Lass' uns hoch geh'n.«* Er stiefelte voran. Ich stolperte ein wenig über die unterste Stufe, fing mich aber und folgte. Das Holz knirschte unter unseren Füßen. Tastend klammerte die Hand am Geländer. Ein Gefühl von Einsamkeit, von Leere umgab mich. Obwohl ich glücklicherweise nicht alleine war. Oder lag es an diesem Punkte ? Ich hatte nicht nur das Versprechen gebrochen, nie wieder dieses Haus zu betreten, sondern war zusätzlich hochoffiziell und amtlich hier drinnen. Plötzlich rumste es irgendwo. Dumpf. Weder allzu weit entfernt, noch recht nahe. Instinktiv schaute ich Detlef an, der nun ebenso verharrte. Das schwache Licht zeigte spärlich seine Gesichtshälfte, die Augen waren zur nächsten Etage gerichtet: *»Hallo ? Herr Alhoger ??«*, er drehte sich ein Stück zu mir: *»So heißt er doch ?«* Leise bestätigte ich und deutete an, weiter zu gehen. Bestimmt war durch den Wind ein Fenster oder eine Tür zugeschlagen. Oder es war letztendlich draußen, in der Nachbarschaft. Wenn man sich allzu angespannt konzentriert, liegen Fehlschlüsse häufig nahe. Einerseits waren mir diese Geräusche nach wie vor unheimlich, andererseits mittlerweile nicht mehr besonders fremd. Oben im ersten Stock knarksten die Bodendielen arg. Ob es an Detlef's höherem Gewicht lag oder an uns beiden zusammen, kann ich nicht sagen. Ich hatte nur den Eindruck, dieses hölzerne Stöhnen würde sich wie flüchtende Mäuse von uns entfernen, auf das Gebälk überspringen und zur Decke klimmen. *»Glaubst Du an Geister ?«*, rutschte es mir 'raus. Nach einem Päuschen der Orientierung kam die Antwort retour: *»Muss ich das ?«* *»Nein. Natürlich nich'«*, lächelte ich künstlich, *»War nur 'n Witz.«* Bloß, dann hätte er sich die Geschichte auch nicht derart intensiv anhören brauchen. In Wahrheit lag es bestimmt an seiner Strebsamkeit, den ersten Leichenfund bis ins Detail abschließen zu können. Wäre ja auch unbefriedigend. Ein paar alte Knochen, im Boden verstreut, deren Herkunft und Identität nie geklärt werden kann. So hatten wir wenigstens eine Person mit einer Vergangenheit, und eine andere bekannte Person, nämlich Herrn Alhoger, der an diesem Tage endlich die Chance erhielt, seiner Schwester den ersehnten Frieden in Form von Gerechtigkeit zukommen zu lassen. Egal, ob die Täter noch lebten oder nicht. Ja, wenn sie schon zu alt wären ? Eigentlich würde es, wenn sie es nicht gestehen, Aussage gegen Aussage bleiben. Ob Detlef daran gedacht hatte ? Am Ende bekäme Herr Alhoger noch mehr Ärger. Sagte Salantov nicht einmal, man solle gewisse Dinge ruhen lassen ? Besonders diese hier ??

Stück für Stück empfand ich unsere Anwesenheit als überflüssig. Ein Eindruck, der sich unweigerlich vermehrte: *»Eh, Det, meinst Du —«* *»Leuchte mal darüber, zur Wand«*, er hatte zwei weitere Lichtschalter entdeckt. Leider genauso ohne Funktion. *»Hat er seine Stromrechnung nicht mehr bezahlen können ?«* *»Warte mal«*, kam mir dazu ein Gedanke, *»wir müssen noch mal 'runter. Frag' nich' wieso, aber es könnte die Hauptsicherung sein.«* *»Wenn Du meinst«*, eine Aussage, die unbegeistert klang. Ich drehte mich um und ging diesmal voran. Nach etwa drei Schritten war mir so, als wollte mich eine Kraft einhüllen, von hinten förmlich umklammern. Ich stockte und schnappte vorsichtig nach Luft. Just im selben Moment zuckte ich fürchterlich zusammen, denn die Berührung wurde böse Realität. Mein lieber Kollege fiel mir wortwörtlich ins Kreuz: *»Verzeihung. Du warst so plötzlich stehen geblieben —«* *»Is' schon gut«*, atmete ich genervt aus. *»Hast Du was ?«* *»Nein, nein«*, versuchte ich mehr mich zu beruhigen, bückte mich schnell, um das Bild an den Geländerpfosten zu legen und begann den Abstieg. *»Du bist heute so seltsam.«* *»Das is' das Wetter. Hörst Du, wie's plätschert ?«* In der Tat prasselten die Tropfen gegen die Eingangstür, was normalerweise ein Hauch von Gemütlichkeit abstrahlt. Intervallweise verstärkte es sich, je nachdem, wie der Wind blies. Weniger aufmunternd war ein begleitendes

Zischeln und Pfeifen. Passend dazu ächzte und stöhnte das Holz der Treppe. Fast geschafft, erwischte mich die letzte Stufe. Ich machte einen unglaublichen Satz nach vorne. Die Hände gegen die Tür gestemmt, konnte ich mich zwar fangen, meine Taschenlampe hingegen sauste unhaltbar zu Boden. *»Was ist los?«* *»Ich weiß nich'«*, zittrig drehte ich mich im Stockdunklen nach hinten, *»ich bin ausgerutscht oder irgendwo häng'n geblieben.«* Detlef, ebenfalls stehen geblieben, zog ein Streichholzpäckchen hervor. Das gezündete Hölzchen brachte bloß ein fades Licht hervor, was obendrein, weil von unten leuchtend, ihn unnötigerweise gruselig erstrahlen ließ. Meine Augen flüchteten gen Fußboden, um rasch die Lampe zu finden. Bereits in der Hocke war es wieder düster. *»Warte, ich mache noch eines an.«* Während er herumwerkelte, verließ ich mich lieber auf meinen Tastsinn. Das erste Element war rundlich. Wahrscheinlich eine der Batterien. Dann kam das Gehäuse zwischen die Finger. Als nächstes wurde es unsympathisch. Klein, weich, seltsam. An einen Teppich mit Fransen konnte ich mich nicht erinnern. Ich ließ los und tapste weiter. Klamm fühlte es sich an. Ich merkte, am Türrahmen angekommen zu sein. Offenbar war die Nässe des Regens durchgedrungen. *»Hier, John«*, Detlef hatte sein Feuerzeug gezündet. Schon besser. Rauschend hechelte das bläuliche Flämmchen. Es musste ziemlich kämpfen. Durch alle Ritzen schien der Wind zu kommen, obwohl ich ihn ehrlicherweise nicht spürte. So, nun hatte ich meine Lampe wieder beisammen. Mit ein paar Handgriffen war das Gehäuse montiert. Es folgte der spannende Augenblick des Schiebeschalters. Ja, leider versagte das Birnchen seinen Dienst. Wenn nicht die Batterien falsch gepolt waren. *»Ich hol' die große Lampe vom Auto«*, sagte ich, tastete zum Türgriff, öffnete und entschied mich umgehend anders. Als hätte jemand mir einen randvollen Eimer Wasser entgegengeschleudert. Pitschnass geduscht war mein Gesicht: *»Bah!«* *»Mich laust der Affe! Da schickt man ja keinen Hund vor die Tür!«* *»Das is' der reinste Wolkenbruch!«*, noch keine Sekunde geschlossen, klatschte es heftiger und ein Flackern zwängte sich durch die feinen Ritzen, *»Wenn das schon so früh im Jahr gewittert —«* *»Wohin willst Du überhaupt?«* *»Hm? Ach so, hier, links in den Keller. Dann müssen wir wohl tasten.«* *»So ein Unfug. – Nimm das Feuerzeug.«* Reichlich heiß war es geworden. Oder ich hatte es falsch angefasst. Auf Sparflamme schritten wir weiter. Der Gang wirkte wie ein riesiges schwarzes Ungetüm, ein Loch, dass alles verschlingen wollte. Der gasige Geruch unseres kleinen Hoffnungsträgers wich einer modrigen Feuchtigkeit, ja einer verschimmelten Fäule, als würde man Gefahr laufen, selbst einen Verwesungsprozess zu starten. Bakterienschwere Kadaverluft. *»Riechst Du das auch ?« »Ein bisschen muffig«*, antwortete Detlef hinter mir, *»aber nichts Außergewöhnliches. Oder was meinst Du ?«* »Nichts«, sagte ich bloß. Ich kenne ja meine Nase. Wenn sie mal funktioniert, übertreibt sie gerne. Weniger übertrieben war die bedrückende Stimmung. Hatte es mit dieser grauen Tür neben mir zu tuen ? Außer unseren unsicheren Schritten und dem fernen Wetter hörte ich nichts Bedenkliches. Bald bogen wir am Winkel nach rechts ab und langsam zeichneten sich die Konturen des ersehnten Kastens ab. *»Da wären wir«*, zügig schritt ich hin und öffnete. Es blieb bei nur einem Flügel, denn mein Innerstes zwang mich instinktiv nach links zu schauen: *»Det ?«*, im schwachen Schein konnte ich ihn nicht ausfindig machen, *»Bist Du nich' mehr da ?«*, ich schärfte meine Augen so gut es ging. Da ich keine Antwort erhielt, streckte ich das Feuerzeug weiter in den Gang, circa in Kopfhöhe: *»Das gibt's doch nich'.«* Meine Laune sank auf den Nullpunkt. Ich ließ die Metallklappe los und bewegte mich langsam zurück zu dem Winkel. *»Bleib' da, ich komme«*, erlöste mich endlich seine Stimme, *»Ich hatte nur etwas kontrolliert.«* *»War was ?«*, die Aufregung klopfte im ganzen Körper. *»Allfällig das Wetter.«*

Durchaus, denn hin und wieder rollte ein Donner über die Dächer. Ich reichte ihm das Feuerzeug, um bequemer hantieren zu können: *»Gleich bringen wir Licht in's Dunkle.«*, eifrig schraubte ich die alte Sicherung heraus und drehte die neue ein. Es funkte und ein Knall sorgte für schlotternde Glieder. *»Was 'n jetz' los ??«* *»Brilliant, der Herr«*, äußerte mein Nebenmann, ebenso mitgenommen, *»die Tücken der Technik. Da staunt der Laie und der Profi wundert sich. Es war im Übrigen Deine Idee, hier hinunter zu gehen.«* *»Letztes Mal hat's doch geklappt. Naja, zwei Versuche hab'n wir ja noch«*, ich nahm die nächste Sicherung und packte sie aus. Detlef verwies auf das schwächer werdende Flämmchen: *»Wir haben nicht mehr allzu viel Zeit. Meine Hand tut schon weh. Das ist massiv heiß.«* *»Ich beeile mich.«* PENG ! Der selbe Effekt. *»Scheiße !«* Es war zum Auswandern. *»Wenn irgendwo ein Kurzschluss ist, kannst Du dutzende eindrehen.«* *»Ja, ich weiß«*, raunte ich sauer. *»Lass' mich mal.«* *»Du wirst es auch nich' besser können. Kurzer bleibt Kurzer.«* Dennoch bestand er darauf, drückte mir das heiße Ding in die Hand und begann selber zu schrauben. Erst die kaputte Sicherung, danach die übrigen. Er nahm sie nicht heraus, sondern lockerte sie lediglich. Stumm schaute ich zu und überlegte, mit welchem Ziel er das tat. Zum Schluss nahm er das verbliebene heile Keramikstäbchen und drehte es ein. Ohne Hast. Beinahe feierlich. Ein Knirschen vermeldete den festen Sitz. Soweit schien alles in Ordnung. *»Jetzt kommt der Rest«*, murmelte ich, indes ich seinen geschäftigen Bewegungen zusah. Sicherung für Sicherung rastete ein. Lautlos. Jedenfalls lärmlos. Erstaunlich. Selbst der letzte Stromkreis wehrte sich nicht. *»Perfekt«*, lobte ich. Er aber verwies auf die fortwährende Dunkelheit. *»Nein, da is' nichts durchgebrannt. Herr Alhoger is' von Natur aus sparsam. Wir müssen zurück zum Lichtschalter.«* *»In der Hoffnung, dass Du diesmal Recht behältst«*, schmunzelte er und schickte mich voran.

Es dauerte kaum vier Schritte, als sich das nächste Problem einstellte. Unser Flämmchen war mittlerweile derart geschrumpft; man konnte keinen Weg mehr ausleuchten. Mit anderen Worten: wieder einmal war Tasten angesagt. Nun gut, schwer schien es nicht; die Richtung kannten wir ja. Ziemlich klamm präsentierte sich das Mauerwerk. Manch scharfkantige Stelle stammte sicher von abgelöstem Salpeter, denn obendrauf war es glitschig glatt. Die Kante kam schneller als gedacht. Nun schwenkte ich nach links und BOING ! *»Au ! Mist. Ich bin irgendwo angeeckt«*, ließ ich verlautbaren, *»Sei vorsichtig.«* An einen Schrank oder dergleichen konnte mich nicht erinnern, denn das Regal war drüben, auf der anderen Seite. Das wusste ich noch. Weiter ging es. Bald hatte ich erneut Kontakt zur Wand. Und einem kleinen Vorsprung. Es konnte nur der Rahmen sein. Der Rahmen jener mysteriösen grauen Tür. Die Finger glitten die strukturierte Holzfläche längs und trafen auf die Klinke. Sollte man oder sollte man lieber nicht ? Ich weiß nicht, ich musste es einfach probieren. Metallisch knirschend sank der Griff. Bis zum Anschlag. *»Warum gehst Du nicht weiter ?«*, fragte Detlef, als er mich von der Seite berührte. *»Weil ich vielleicht zu weit gehe.«* Anscheinend hatte er meine Äußerung nicht einordnen können, jedenfalls blieb er abwartend still. Dafür knarrte die Tür leise, als ich sie vor mich her deute. Richtig gespenstig. *»Was machst Du da?«* *»Gleich«,* ich überlegte, ob dieses Geräusch identisch war mit jenem vom Vortage. Doch die Überlegungen erstarben, da ich neue Laute vernahm. Mattes Schleifen mit Rascheln, was fix darauf rasant auf mich zustürzte. Gewaltig und schwer. Ich muss einen ziemlichen Schrei ausgestoßen haben, denn Detlef rief meinen Namen, vielleicht auch, weil ich gegen ihn prallte; dann rumste es hinter mir, er schrie ebenfalls auf, ein Stück entfernter, tiefer. Fieberhaft begann ich derweil mit meinem unbekannten Gegner zu ringen: *»Herr Alhoger??«* Schon sprang mir etwas ins Gesicht, drückte am Hals und wollte mich würgen. *»Loslassen! Sofort!!«,* unter zahlreichen Schimpfwörtern schlug ich so heftig um mich, dass ich vor lauter Panik wohl auch meinen Hintermann getroffen haben muss. Ich hörte nur, wie er aufstöhnte und fluchte. Daraufhin schuppste ich den Fremden kurzerhand mit einem harten Tritt von mir. Polternd geriet der gegen die Tür, wobei er offenbar zu Boden rutschte. Leider konnte ich ja nichts sehen, dafür zur Abwehr große Töne schwingen: *»Sie sind verhaftet! Noch eine Bewegung und wir schießen!!«,* geduckt wich ich schräg nach hinten weg, streifte erneut Detlef, meinte einen Bogen zu machen und hätte mir beinahe das Gesicht an der Wand gestoßen. Zum Glück haben die Fußspitzen mich an der Kante rechtzeitig vorgewarnt. Wild tastete ich herum, denn – siehe da, richtig in Erinnerung – ein Schalter! Sofort draufgedrückt, musste ich für eine Sekunde die Augen schließen. Diese Helligkeit war ich schon nicht mehr gewöhnt. Selbst wenn es nur eine 15er oder 25-Watt-Birne gewesen sein mag. Mein Blick flog zu Detlef, der sich langsam aufrichtete, wie zu dem Gegner im offenen Türspalt. *»Brillant, John, brillant. Wirklich«,* sprach mein Kollege völlig entnervt. Das Ungetüm am Boden entpuppte sich als alter Kleiderständer, wie ihn eine Schneiderei besaß, inclusive undefinierbarer Jacke und Ärmelspanner oder was auch immer. Jedenfalls hätte es genauso gut eine Vogelscheuche darstellen können. Mein Kreislauf war total fertig. Dann die nächste Überraschung. Da war noch was im Gange! Gleich hinter der Tür! Verborgen. Kein Getier, es musste was Größeres sein! Seitlich erspähte ich ebenfalls einen Schalter. *»Was ist denn jetzt noch?«,* fragte Detlef missmutig, als er gerade wieder auf seinen Beinen stand. *»Moment«,* ich knipste an und unter schwachem Aufblitzen verabschiedete sich die dortige Raumbeleuchtung. *»Es genügt, John, Hörst Du ?! Herrje, Du scheinst heute keinen guten Draht zu haben !«*, stupste er mich an, *»Lass' uns lieber hoch gehen und diesen Mann suchen, bevor wir wieder ohne Strom dastehen.«*

Meinetwegen. Leider hatte er Recht. Andererseits hätte ich so gerne gewusst – naja. Es ging die sieben Steinstufen hoch, zur Eingangstür. Mein Blick streifte ungewollt die Schwelle, wo ich zuvor nach der Taschenlampe getastet hatte. Von wegen Fransenteppich – was dort lag, sah arg nach toter Maus aus ! Ich wandte mich zur Holztreppe. Huch, verdammte Sauerei ! Ich muss wohl an der Vorderkante der ersten Stufe hängen geblieben sein. Gerade noch rechtzeitig gelang es mir, mich mit den Händen ein Stück höher abzufangen. Ich schaute unter mich, dann zurück, aber konnte nichts Außergewöhnliches feststellen. *»Allfällig scheint das wirklich nicht Dein Tag zu sein.«* *»Ja, die Sache im Hafen war anstrengend«*, redete ich mich 'raus. Innerlich fühlte ich mich furchtbar schlecht. Ich wurde den Verdacht nicht los, dass irgendeine Kraft es auf mich abgesehen hatte. Diese Dinge waren keineswegs mehr normal ! Ja, ich hatte Angst vor einem Fluch. Aber ich nahm mich zusammen und stieg schweigend hinauf. *»Woher wusstest Du das mit der Sicherung ?«*, erkundigte sich Detlef hinter mir. Ich winkte bloß ab: *»Frag' lieber nich'.«*

Oben griff ich das Bild, ließ meinen Begleiter überholen und betrat dicht nach ihm den ersten Raum. *»Dieser Mensch scheint ziemlich karg eingerichtet zu sein. Wovon lebt er eigentlich ?«* Eine gute Frage, die ich nicht beantworten konnte, weil ich selbst nie nachgeforscht hatte. Der Holztisch in der Mitte präsentierte sich leer, die zwei Stühle standen ordentlich angerückt. Ich schaute hinter mich. Grundlos. Oder doch geleitet ? *»Det – !«* *»Was ist ?«* *»Eh – nichts, vergiss's«*, mein Körper wusste nicht, ob er eine Gänsehaut bilden oder lieber einen Schweiß-film ansetzen wollte. Trotzdem kribbelte es den Rücken hoch bis zum Nacken. Und gleich wieder runter. Völlig verdreht. Für eine Weile klammerten meine Augen starr an einem kleinen Metallkreuz neben dem Türrahmen. Genau an dieser Stelle hing am Tag zuvor noch das eigentliche Portrait von Malita. Da war ich mir absolut sicher. Ich wechselte zu dem Bild in meiner Hand, blinzelte wieder zur Wand, presste die Zähne aufeinander und schritt frech hinüber, um es gegen das Kreuz auszutauschen. Ja, so passte es. Selbst wenn der Aufhänger fehlte, aber der überstehende Rahmen trug die Last einwandfrei. Detlef war derweil ein Zimmer weiter gegangen: *»Kommst Du mal?«* Ich legte das Kreuz beiseite: *»Bin schon da.«* Seine Hand wies auf die Eckbank in der Küchennische: *»Ist er das?«* Mit dem Oberkörper auf der Tischplatte ruhend, wirkte Herr Alhoger, als ob er schliefe. Ich sprach ihn an und rüttelte ein wenig an seinen Schultern. *»Wir kommen zu spät, fürchte ich«*, sagte Detlef. Mein Blick schnellte zu ihm, danach wieder nach vorne: *»Herr Alhoger?«* Die Gelenke waren bereits spürbar steif. Dennoch legte ich die Finger an, um den Puls zu suchen. *»Lass' ihn, lass' ihn.«* Erstaunt schaute ich zurück zu meinem Nebenmann, während ich bereits auf der anderen Seite mein Funk-gerät vom Gürtel zog, um wenigstens den Notarzt anzufordern. Selbst das lehnte er ab: *»Den brauchen wir nicht mehr, höchstens für den Totenschein. Ich kümmere mich schon drum«*, versicherte er, indem er mir das Gerät aus der Hand nahm. Tja, Miniphone* hatten wir damals noch nicht, dies war allerhöchstens der oberen Etage gegönnt. Eine Zeiterscheinung. Ich nahm wieder Herrn Alhoger in Augenschein; schaute, wie er da saß, nach vorne gekippt oder eher über etwas gebeugt? Ja, unter seinem Kopf lag was. Das Deckenlicht spiegelte an einer Stelle zurück. Es sah aus, wie Glas. Behutsam rollte ich den Körper wie bei einem Schlafenden leicht zur Seite und zog einen Gegenstand hervor: Malita's Portrait. In diesem Augenblick scheppert es vom Nebenraum her. Ich erschrak, obwohl es keinen Grund hätte geben dürfen. Aber es war wie eine elektrische Spannung, die meine gesamte Muskulatur durchfuhr. Als hätte ich einen Stromstoß gekriegt. *»Effffhhhh«*, pustete ich vor mich hin, *»Hui.«* *»Hast Du was?«*, fragte Detlef unterdessen er auf Antwort seines Funkrufes wartete. *»Nein, geht schon«*, hauchte ich zu ihm, *»Hast Du das auch grad' gehört?«* Da er zeitgleich eine Verbindung bekam, wandte er sich von mir ab. Ich nutzte die Gelegenheit, mich flugs um die Ecke herum in den Nebenraum abzusetzen. Mein Ziel blieb das Geräusch zu erkunden. Ich blinzelte nochmals über die Schulter, ob er mir auch nicht folgte und verschwand aus der Blickachse. Dann begab ich mich auf die Jagd. Es musste hier gewesen sein. Irgendwo. Es klang reichlich nah. Die Augen scannten Decke, Wände und Boden ab.

---

* [atl.:] Mobiltelephone

Behutsam, dennoch eilig. Gierig. *»Suchst Du was ?«* Ein Schreck durchsauste die Adern. Unerwartet stand Detlef hinten im Türrahmen von der Küche. *»Nein !«,* antwortete ich spontan, da ich nicht mit ihm gerechnet hatte. Ich reckte mich und dreht mich zu ihm hin, dabei entdeckte ich an der Fußleiste das von mir zuvor aufgehängte Bild. Zerbrochen. *»Eh – Alles in Ordnung«,* nickte ich gestresst, *»Es war wohl der Wind.«* ...

EINSCHUB:

Klugerweise sollte man im Leben nicht alles Wissen herausposaunen, selbst wenn es noch so aufregend wirkt oder das Vertrauen des Gegenüber sicher scheint. Besonders bei Versprechen gilt absolute Verschwiegenheit. Aus diesem Grunde verzichtet unser Erzähler auf eine seiner Meinung nach extrem kritische Phase. Vorsichtshalber. Uns hingegen will ich sie nicht vorenthalten:

Nachdem der Polizeiarzt Herrn Alhoger's Tod bestätigt hatte, bereitete man ihn zum Abtransport vor. John durchsuchte derweil alle zugänglichen Räume auf brauchbare Hinweise, wobei sich sein Eifer auf die Küche und die so genannte *gute Stube* beschränkte. Aus Erfahrung heraus vermied er es, einen weiteren Lichtschalter zu betätigen. »Wonach schaust Du ?«, natürlich entging Detlef diese gründliche Art von Entdeckungsreise keineswegs, obwohl einige Kollegen im Hause zugange waren. »Ich hab' nur mal so geguckt.« »Nur mal so«, wiederholte er penetrant und steckte sich seine Pfeife in den Mund. »Du willst hier doch nich' rauchen, oder ?« »Gewiss nicht, nur ein bisschen an meiner Pfeife lutschen, genauso wie Du nur mal so herumschaust.« John klappte die Tür der Kommode zu und setzte einen genervten Blick auf: »Ich habe gehofft, irgendwas von seinen Verwandten zu erfahren.« »Hat er denn welche ?« »Weiß ich nicht«, unser Ermittler verfolgte, wie man den Leichnam an ihnen vorbei trug. »Dir ist nicht allfällig ein Schlüssel begegnet ?« »Was denn für'n Schlüssel ?« »Unten, von der Haustüre.« »Hatte er keinen bei sich ?« Kopfschüttelnd wandte sich Detlef ab: »Macht im Grunde nichts, wir kleben nachher ein Siegel drauf.«

Ein Siegel, wo unsere Bevölkerung zu den ehrlichsten der Welt gehört! Aber Ordnung muss halt sein. John schloss die Augen. Müdigkeit durchwalkte die Muskeln. Der Tag war lang genug. Bestimmt lag der Schlüssel irgendwo, ganz sichtbar. Nur fehlte die Lust, die Bereitschaft, ihn zu erkennen. Andererseits – die Augen klappten auf – wenn der Schlüssel wirklich verschwunden wäre, könnte das bedeuten, Herr Alhoger wäre durch Fremdeinwirkung gestorben? Sprich: Mord? Und weiter gesponnen, befände sich der Täter am Ende noch im Hause? Die seltsamen Geräusche passten prima zu der Theorie, bloß mangelte es massenhaft an geeigneten Motiven. Nein, nein, nein. Alles übertrieben. Die Obduktion hatte die Entscheidung zu fällen.

Kurz darauf verließ man das Gebäude und ebenso bald trennten sich sämtliche Wege. Für Detlef war es am bequemsten, er wohnte schließlich am Ortsrand, lediglich einige Straßen entfernt. Derweil die übrigen voraus fuhren, verschnaufte unser Ermittler ein Weilchen in seinem Wagen. Das Kapitel *Alhoger* war damit beendet. Zu all diesen mysteriösen Vorfällen konnte niemand mehr eine Aussage machen. Oder es wollte keiner. Wirklich offene Fragen blieben genauso wenig. Bis vielleicht – ja, vielleicht die heimliche Neugierde auf den Kellerraum mit der grauen Tür. Eine Rumpelkammer, wie sich gezeigt hatte. Oder steckte in einem der anderen Zimmer ein Geheimnis? Wieso eigentlich hatte Detlef die restliche Wohnung nicht kontrolliert, nach brauchbaren Erkenntnissen abgeklappert? Verschob er es auf den nächsten Tag oder stand die Todesursache für ihn wirklich fest? Je mehr man nachdachte, um so mehr Fragen bildeten sich. Unnötige Fragen, auf die es nie eine Antwort geben brauchte. Und nie geben würde. So spielt halt das Leben.

Nasse Graupelkörnchen trommelten auf die Frontscheibe. Eine Ermahnung nun endlich nach Hause zu fahren. Zudem kondensierte der Hauch auf der kalten Oberfläche. Sehr ungemütlich. John startete den Motor. Mit einem kräftigen Gähnen schaltete er den Ganghebel auf "Fahren" und ließ den Wagen langsam losrollen. Statt mit einem Schwamm für klare Sicht zu sorgen, sollte die Belüftung diesen Dienst ausüben. Ganz gegen die übliche Gewohnheit. Denn einwandfreies Sehen ist das Wichtigste für ihn. Offenbar umgarnten bereits Traumansätze Gemüt wie Verstand. Die Uhr leuchtete knappe 21:00 Uhr entgegen. Zeit für die Nachrichten. Berieselung vom Tage. Schon ging es aus dem Ort hinaus. Der letzte Lampenschein fegte über das Dach. Seine Strahlen brachen sich in den Tropfen der Heckscheibe, bis eine leichte Biegung ihnen die Kraft nahm. Vorne lauerte der Moloch der Nacht. Eine unendliche Leere. Stockdunkel. Lediglich das näherrückende gelbe Blinken der abgeschalteten Ampel zur Umgehungsstraße diente als Wegweiser. Eifrig schob der Scheibenwischer dieses Regen-Eis-Gemisch beiseite. Manchmal schnorpste dabei eine der Gummileisten. Eine unterschwellige Aufforderung, sie zu wechseln. Unser Fahrer setzte den Blinker und bog nach rechts in die Hauptrichtung ein. Mit einem Male eilte ein dunkler Schatten unweit der Motorhaube quer über die Fahrbahn. Instinktiv presste der Fuß das Bremspedal bis zum Anschlag. Genauso rasant verschwamm die Gestalt hinter den Wasserbahnen am Scheibenrand. Man hörte die Reifen über einen Pfützenfilm rutschen. Zum Glück behielten sie ihre Spur. Die Augen unterdessen begannen die vermeintliche Person orten zu wollen, was eine Wetterleuchte über den Hügeln unterband. Damit waren die Pupillen gänzlich überreizt. Mit ihnen die Nerven. Lediglich der Kreislauf rüttelte am Halbschlaf. Galt die Erscheinung als Vorstufe zu Traumgespinsten? Bei einem derartigen Wetter trieb sich wohl niemand an einer solchen Stelle herum. Obendrein um diese Stunde. Völlig unvernünftig. Unter heftigem Zittern wechselte der Fuß zum Gashebel, denn in der Ferne näherte sich ein Fahrzeug. Mein Gott, wie blendeten die Scheinwerfer. Gespiegelt in der Nässe der Teerdecke. Ja, ja – die Müdigkeit.

Zu Hause angekommen, ähnelte sein Gang einem unentschlossenen Weg durch ein Labyrinth mit vielen Sackgassen. Diele, Wohnzimmer, Essecke, Küche, wieder Diele, Wohnzimmer, Schlafzimmer – jedenfalls ansatzweise, dann zurück in die Diele und schließlich – es mangelte an Coordination. Er blieb stehen und lehnte sich an den Türrahmen. Oh je, die Augen fielen bald zu. Obendrein klingelte die Blase. Ja, in dieser Richtung was zu unternehmen, schien dringend notwendig. Beinahe vergessen. Beschleunigt wurde der Reiz durch die feuchte Kühle von vorhin. Also, ab ins Bad. Danach nochmals ins Schlafzimmer und mit einem trägen Hechtsprung auf dem Bett gelandet. Endlich. Ruhe, trotz Rauschen in den Ohren. Selbst der Hunger, von den

Geschehnissen bereits zur Appetitlosigkeit deformiert, wurde in diesen Sekunden durch Schlafansätze wehrlos erdrosselt. Träume unterschiedlichster Kategorien spannten klebrige Fäden. Zielstrebig durchwucherten sie dabei die Hirnschale wie Wurzeln auf dem Weg nach Wasser. Ihre Bilder sorgten verstärkt für Zuckungen. Eines aber war so mörderisch, dass es sämtliche Projektionen zerstörte. »Ich kriege Dich!«, lautete der Begleittext. John schlug die Augen auf. Das verhältnismäßig grelle Licht tat in den Pupillen weh. Die schützenden Lider filterten zwar rasch, dennoch flimmerte alles. Erst die aufgelegten Hände sorgten für ein kleinwenig Beruhigung. Unser Gequälter seufzte und rollte sich auf die Seite. Sofort sausten die Gedanken eimerweise vorbei, beinahe in dem Tempo, als würde man sich einen satten Spielfilm in mageren fünf Minuten betrachten wollen. Logischerweise brachte dies sogleich Kopfschmerzen auf den Spielplan. Es war einfach alles zuviel. Heute zumindest. Der Hafen, Herr Alhoger, das Haus und zum Schluss noch die blöde Sache auf der Straße. Klar, nur eine Kleinigkeit, aber beständig. Unser Ermittler hob den Oberkörper. Es war ja genau jene Kreuzung, auf der die Unfälle passiert waren. Er richtete sich auf. Warum lief gerade *ihm* jemand vor den Wagen? Beziehungsweise – warum hat diese Person nicht einfach gewartet? Es war schließlich außer ihm kein Auto weit und breit zu sehen! Da konnte doch was nicht stimmen!! Ihm wurde weitaus kühler, als Müdigkeit und Wetter ohnehin schon verursacht hatten. War diese Erscheinung nun wirklich geschehen oder doch lediglich Simulation? Nur warum? Wieso? Er atmete durch. Um im nächsten Moment zu stocken. Unweit des Bettes knisterte es. Stärker, bis ein Platschen das Geräusch erschlug. Der Geist wurde hellwach, die Nerven leider auch. Ein Blick nach links zeigte, dass das kleine Tütchen, was er auf seine Jacke gelegt hatte, zu Boden gerutscht war. Völlig harmlos. Bloß halt ebenso unpassend. Nun ja.

Auf dem Weg ins Wohnzimmer mahlten die Mühlsteine der Erinnerung die restlichen Hülsen von Mattheit zu Staub. Freigelegt, sprossen Körner des Eifers und der Neugierde. Ihre Triebe waren wie Spritzen eines Rauschmittels, dessen Saft die Vernunft in Tatendrang umwandelte. Oder sollte man lieber von Übermut sprechen? Fast unter dem Diktat eines fremden Einflusses wandelte er in die Küche, holte eine Flasche Wasser, ging erneut ins Schlafzimmer, griff seine Jacke, in der Diele kamen noch die Fahrzeugpapiere samt Schlüssel hinzu und bald fand er sich in seinem Wagen wieder. Mit dem Ziel Präsidium.

Erst in den Büroräumen lichtete sich der Schleier dieser merkwürdigen Automation. Was wollte er hier ? Er schaute zu dem doppelten Schreibtisch in der Mitte. Seinem Arbeitsplatz. Drüben, auf der Fensterseite. Unsicher wechselte er dorthin. Sollte er oder sollte er nicht ? Es bleiben lassen ... . Nein, morgen war es zu spät. Garantiert. Diese Nacht bot die einzigste Chance. Der Kreislauf reduzierte sein Tempo, das Herz hingegen verlangte mehr. Die Psyche erst recht. Am liebsten Unterstützung. Doch gerade dies musste im Alleingang geschehen. Ungeachtet aller Richtlinien. Sie würden letztendlich eh nicht greifen. Ein Abenteuer, das vom Prinzip nicht primitiver sein konnte. Dennoch fühlte es sich an, als gäbe es keinen Sonnenaufgang mehr. Es lebe die Einbildung. Unser Kriminalist schwenkte das Gesicht vom Fenster zum Schrank. Dort bediente er sich seiner Pistole. Nach flotter Prüfung zog er hinter sich eine Schreibtischschublade auf. Diverse Gebrauchsgegenstände wie Stempel, Klebespender und Heftklammern schlummerten bereits tief vor sich hin. Das Interesse aber galt einem speziellen Schächtelchen. Nach Lüften des Deckels erstrahlte eine selbsthaftende Siegelmarke. Genau darum ging es. Vorsichtshalber steckte er zwei ein und machte sich auf den Weg. Auf den Weg nach Birkenbach.

Die Fahrt verlief wie im Fluge. Unweit des angestrebten Hauses parkte er. Diesmal sollte ihn auch eine professionelle Lampe begleiten. Vollgetankt mit Strom bis unter den Rand. Die Straße zeigte sich menschenleer. Jeder brave Bürger schlief um diese Zeit. Fast jeder. Vereinzelte, eventuell vergessene Flur- und Badlichter täuschten Aktivitäten vor, erinnerten an Wärme und Nähe. Doch die Luft blies rauh um die Ecken. Am Himmel lugte mittlerweile neugierig der Mond zwischen fettgequollenen Wolken hindurch. Leuchtstark präsentierte er sich dick und rund, bis der nächste Schleier wie ein Vorhang die Verbindung unterbrach. John ging den Bordstein längs. Das Echo der knirschenden Sohle wurde lediglich vom zeitweisen Kläffen eines entfernten Hundes übertönt. Vor Herrn Alhoger's Haus forderte plötzlich ein Schatten zur Wachsamkeit auf. John drehte sich um. Der blasse Schimmer zweier Autoscheinwerfer bog in eine Seitenstraße ein. Vorsichtshalber blinzelte er in die Gegenrichtung. Offenbar alles in Ordnung. Ebenso die übrige Umgebung. Bestens. Er schritt zur Eingangsschwelle. Die Hand beinahe völlig vor die Glaslinse gehalten, schaltete er seine Lampe ein. Der schmale Lichtspalt sollte ausreichen, um nach dem Siegel zu schauen. Aha, gleich oberhalb der Klinke klebte es über Tür und Rahmen. Sehr gut. Allerdings – weniger gut war etwas anderes. Er hielt das Licht näher dran. Tatsächlich, das Siegel war halbiert! In der Mitte glatt durchgetrennt! Nein, ein solcher Umstand war keinesfalls Dünger für die Seele. Was hatte das zu bedeuten? Er schaute nach rechts und links, bevor er nochmals Finger und Lampe in der Form hielt, dass nur die beschädigte Stelle ausgeleuchtet wurde. Ganz gezielt hatte jemand die Marke durchgeschnitten. Mit einem Messer vermutlich. Der nächste Schreck zerfledderte das Gemüt. Unter lauten Schlägen verkündete die Kirchturmuhr ihre Dreiviertelstunde. Oh weih, bald war es Mitternacht. Allerhöchste Zeit, dem Körper Bettruhe zu gönnen. Obendrein steigerte sich dieses ekliges Lüftchen. Winterlich wehte es heran. Äußerst ungemütlich. John zauderte. Die rötlichen Finger begannen zu frieren. Ob vor Aufregung oder Kälte war im Grunde gleichgültig. Wer konnte in diesem Hause wonach suchen? Er berührte den Türgriff und drückte ihn langsam nach unten. Ein eisernes Knirschen verkündete den Fortschritt. Offenbar sträubte sich die Feder. Andererseits lag es vielleicht an der übervorsichtigen Bewegung. Bald konnte die Tür aufgedrückt werden. Gedämpft knarrte sie. John blickte noch einmal um sich, bevor er ins Dunkle schlüpfte. Erst als der Eingang wieder geschlossen war, schaltete er seine Profilampe ein. Der helle Lichtkegel der Halogenbirne reichte problemlos bis hinten an die Wand des Winkels unterhalb der sieben Kellerstufen. Dort war alles wie immer. Danach leuchtete er zu seinen Schuhen. Eine Erinnerung zwang ihn dazu. Nanu - auch nichts Auffälliges? Er strahlte die Wand an, neben der Holztreppe zur nächsten Etage. Grimmig prangte das Kreuz an gewohnter Stelle. Noch einmal sollte der Fußboden beleuchtet werden, wobei er einen Schritt nach hinten trat. Grob sauste der Strahl wie bei einem Leuchtturm an der Türschwelle vorbei. Halt! Zurück! Die Kreise umrandeten nun gezielt das Vermisste. Iiiih, wie widerlich. Die tote Maus war platt geknetscht. Vermutlich stand er gerade eben genau auf ihr drauf. Sei es aus einer Schwäche heraus oder bloß reiner Zufall, die Lampe wollte aus den Fingern rutschten, konnte jedoch von ihm abgefangen werden und bestrahlte nun wieder das hölzerne Kreuz. Makaber. Flugs drehte er sich zum

Keller hin. Vergessen war das geöffnete Siegel. Er stieg die Stufen hinab. Der Lichtschein hetzte wild über das Gemäuer. Wie kleine Kristalle glitzerte es an einigen Stellen. Feuchtigkeit und Ablagerungen. Auf der Höhe der grauen Tür schwoll der Pulsschlag stärker an. Es war sehr ruhig geworden. Selbst der Wind schien draußen ganz leise zu wehen. Man hätte eine Stecknadel fallen hören können. Warum besaß dieses Zimmer vor ihm eine gewisse Magie ? Oder beruhte alles auf der schon oft genug erwähnten Einbildung ? Er umklammerte die Taschenlampe, als würde sie ihm jemand wegreißen wollen. Parallel folgte der Griff zur Waffe. Sie war noch da. Nah und schnell erreichbar. Danach streckte er die Hand zur Tür. Ein Spalt verriet, dass sie angelehnt war. In Kopfhöhe positioniert, lauerte kampfbereit die Lampe. Mit leichtem Rucken weitete sich die Öffnung zum nächsten Abenteuer.

Verschiedene Gegenstände befanden sich dahinter. Direkt vorne an, der am Abend bekämpfte Kleiderständer. Nun stieß die Tür irgendwo gegen, was soviel hieß, als dass sie nicht weiter auf ging. Es reichte aber, um bequem hindurch zu kommen. Sonderlich groß schien die Räumlichkeit nicht zu sein. Dafür stieg ein extrem unangenehmer Geruch in die Nase. Mehr als modrig. Vermutlich war dieser Raum über eine reichlich lange Zeit unbenutzt. Oder das Riechorgan übertrieb wie vorhin. Unterstützt von der Tatsache, jede Menge Angst in den Knochen mitgebracht zu haben. Ja, es war furchteinflößend hier. Es war, als würde er etwas Verbotenes tuen und dabei beobachtet. Beobachtet von vielen Augen, die auf der Lauer lagen und gierig nach Beute lechzten. Alleine auf *ihn* warteten. Auf das große Fressen. Auf die Abrechnung. Bei diesen Gedanken sank das Blut kontinuierlich aus dem Kopf. Er presste die Zähne aufeinander, um nicht am Ende in Ohnmacht zu fallen. Die Adern schröpften wie ein Sog an den Hirnzellen. Zur Abwechslung fegte ein hektischer Blick zu allen Wänden, in sämtliche Winkel. Allerdings ohne Unterstützung des Taschenlampenstrahles. Was erhoffte er sich davon ? Sollten wie in einem Schauermärchen irgendwo Augen glühen, Schatten umherhuschen ? Hier war es anders, hier gab es nur die Realität. Und einen Sachverhalt, den die gespitzten Ohren vernahmen. Nämlich nichts. Kein Geräusch. Genau wie am Tag zuvor, als die Wände draußen im Flur den Schall verschlucken wollten. Aber gerade dies war eine Bedrohung für sich. Jedenfalls zu dieser Stunde und in diesem Haus. Ein Schleifen mit der Sohle sollte einen vorsichtigen Test erbringen. Ja, es gab eine Reflektion. Recht viel, nur dumpf. Ungeachtet dessen blieb das Gefühl, beinahe in einer anderen Welt zu sein. Außerhalb der, die jenseits der offenen Tür lag. Außerhalb der Zeit.

Um wieder auf bessere Gedanken zu kommen, begann er nun stückchenweise die Umgebung auszuleuchten. An der Wand stand ein hoher Holzschrank. Leicht verwittert schien er zu sein. Nach links schloss sich eine niedrige doppelflügelige Bogentür an. Ähnlich die eines Weinkellers. An der nächsten Wand standen Kisten. Manche waren weißlich changiert. Bestimmt handelte es sich um Schimmelpolster. John näherte sich ihnen. Obendrüber verlief ein gemauerter Bord. Ebenfalls mit diversem Kleinkram garniert. Weiter links erstreckte sich die Wand, durch die er hereingekommen war. Auch hier stapelten sich Holzkisten. Neugierig begann er einen der Deckel zu öffnen. Ein paar gebrauchte Haushaltsgegenstände kamen zum Vorschein. Im Behälter daneben befand sich Stoff. Stoff, der offenbar Kleidung darstellte. Unser Ermittler nahm das oberste Teil heraus. Ein Rock mit Flicken und Löchern. Das nächste Element glich einer Bluse. Bräunliche Ränder malten sich auf dem einst hellen Gewebe ab. Unwillkürlich schielte er zum Kleider-ständer. Eine leise Ahnung quoll empor. Der Lichtschein wanderte in die Gegenrichtung. Auf dem schmalen Mauervorsprung reihten sich Kerzen-ständer, eine Keramikvase, ein Kästchen, zwei Töpfe und Zierrat aneinander. Er wechselte seine Position und nahm den Karton am Fuße der Wand in Augenschein. Anfassen konnte man ihn kaum, denn die Feuchtigkeit hatte die Pappe beinahe zum Verfall gebracht. Geschützt wurde der Inhalt mit einem Stofftuch oder einer Decke. Vorsichtig nahm er sie zwischen Daumen und Zeigefinger und schlug sie auf. Ungeziefer flüchtete in sämtliche Richtungen. Aber dann wurde es spannender. Ein siebenarmiger Leuchter kam zum Vorschein. Seine Oberfläche glänzte, als wäre er erst vor kurzem aufpoliert worden. Unser Ermittler grub weiter. Der nächste Stoff verbarg ein Buch, dessen Einband reichlich zerfleddert schien. Ob oft benutzt oder durch Kleintiere angenagt, ließ sich nicht erkennen. Einmal umgedreht, schüttelte es sämtliche bisherigen Erlebnisse durcheinander. Merkwürdige Symbole entlarvten das Werk als Hexenbrevier. Das genügte, um den Verdacht zu festigen, sowie das Gefühl von Sicherheit endgültig über Bord zu werfen. Schluss mit Aberglaube und Märchenkram, ab sofort wurde es Ernst. Bitter

Ernst. Die Vorfälle, die Erzählungen und seine Anwesenheit an diesem Ort. Die Erlebnisse waren keine Täuschungen, sondern real erlebte Wahrheit. Ohne seine Haltung zu ändern, wanderten wie bei einem scheuen Kaninchen die Augen umher. Bis sie ein kleines Kästchen oben auf dem Sims einfingen. John erhob sich. Spinngewebe legten sich über das Gesicht. Die Muskulatur lahmte. Irgendwie fiel das Atmen schwer. Sollte die schlechte Luft dafür verantwortlich sein? Mangelte es an Sauerstoff? Offenbar wurde hier nie gelüftet. Nirgendwo gab es ein Fenster. Die Adern kribbelten, als würde das Blut an Büscheln von Brennnesseln vorbeirauschen. Dennoch fesselte ihn mit einem Male diese Schachtel. Eine Art Sperrholzkasten. Ähnlich einer Zigarrenkiste. Die angerosteten Scharniere leisteten erstaunlich wenig Widerstand. Er hielt die Lampe so, dass der Inhalt optimal ausgeleuchtet wurde. Die nächste Gänsehaut meldete sich. Seine Finger nahmen zitternd den obersten Gegenstand heraus. Eine Kette, in deren Mitte ein dunkler Edelstein mit Kreuzeinfassung baumelte. Malita's Kette! Die Nerven tobten. Ja, sie versagten bald den Dienst, denn im gleichen Moment rutschte das Schmuckstück aus der Hand und fiel auf den harten Steinboden. Dieses leise metallische Klimpern glich dem Scheppern dicker Glasscheiben. John pustete. Panisch hob er es auf und wollte es eigentlich zurücklegen, doch ein verhältnismäßig großer rostiger Schlüssel bremste die Absicht. Wofür der wohl gut sein sollte? Langsam lernte man, dass alles einen Sinn haben musste. Die Gedanken kreisten. Der Erinnerung nach gab es keine Kiste dort, zu der ein solches Objekt passen könnte. Es sei denn, er stammte von Malita's Unterschlupf. Andererseits machte das wenig Sinn. Der Form nach war es ein ziemlich altes Modell, also kein gewöhnlicher Haustürschlüssel. Eher einer von einem Vorhängeschloss oder dergleichen. Ein verhaltenes Knistern unterbrach die nachdenkliche Stille. Wirklich, das war keine Einbildung. Das kam aus dem Hintergrund, von der anderen Seite des Zimmers. John drehte sich um. Seine Lampe leuchtete gierig nach drüben. Wenn Augen müde sind, wird jeder Schatten zur Bedrohung. Das Knistern wandelte sich in ein Scharren. Sehr leise oder sehr weit weg. Bei dem vielen Gerümpel in der Mitte des Raumes konnte man schlecht die Herkunft orten. Kam es aus den Polstern der umgekippten Stühle oder aus den gestapelten Kartons mit den gefressenen Löchern? Nein, es könnte auch aus der Ecke mit dem flachen Doppeltor stammen. Einige Eisenstangen, ein Reiserbesen und ein paar Rohre aus Ton versperrten den Weg. Zudem lehnte eine Kohlenschaufel am Rahmen. Dennoch versuchte es unser Kriminalist, an einem der Ringe vom Schild zu ziehen. Wenn das Holz nicht klemmte, war es verschlossen. Ohne Schlüssel kein Durchkommen. Bestimmt lauerten Mäuse oder gar Ratten auf der anderen Seite. Den Anblick sollte man sich ersparen. Das Erlebnis von der Eingangstür genügte. Der Taschenlampenschein ging weiter. Diesmal ohne Ziel. Ja, im Grunde gab es nichts Interessantes mehr. Komisch. Das Gefühl der Neugierde war gestorben. Seine Anwesenheit in diesem Hause konnte er plötzlich selbst nicht mehr begreifen. War er aufgewacht? Aufgewacht aus seinen eigenen irregeleiteten Wahnvorstellungen? Einsamkeit stellte sich ein. Und wieder Kühle. Genauso wie die Angst, die noch in jedem Winkel kauerte. Dafür dämmerte die Erinnerung des zerstörten Siegels. Gleichzeitig zwängte sich ein weiterer Gedanke dazwischen. So imposant, dass das Siegel erneut verdrängt wurde. Der Blick schwenkte zum Kästchen. Denn dort gab es einen Schlüssel. Ein Schlüssel, der groß und alt war. Und hinter ihm gab es ein Schloss. Groß und alt und vor allem ohne Schlüssel! Ob man einfach mal probieren sollte? Einfach so? Gewiss eine dumme Idee, aber sie war existent. Erneut durchwaberten Fieberschübe den Körper. Fröstelfieber. Lampenfieber. Er holte den Schlüssel, hockte sich vor das Tor und schob den schwach gezackten Bart in die Öffnung. Vor dem Drehen lauschte er. Es hatte aufgehört zu rascheln. Dafür vernahm man die Kirchenglocke. Dumpf dröhnte sie aus der Ferne durch das Gemäuer. Mitternacht. Endlich ein Zeichen von draußen. "*Wer jetzt nicht schlafen geht, für den ist es zu spät*", lautet ein primitiver Volksspruch. Sehr primitiv, wie man weiß. Unser Ermittler spannte seinen Daumen an und begann zu drehen. Wie erwartet blockierte das Schloss. Andererseits schien der Schlüssel zu passen. Demnach musste es gehen. Beim nächsten heftigeren Versuch quietschte es, indes ein leichtes Roststaubwölkchen flüchtete. Na, wer sagt's denn. Wohl seines Erfolges kaum bewusst, rollte John die Röhren beiseite und räumte den Flügel frei. Einer genügte, um hineinzusehen. Tief knarrend sträubten sich die Beschläge an den Angeln. Der untere Rand kratzte über den welligen Boden, bis er nach einer guten Armlänge hängen blieb. Entweder war es die falsche Seite oder das Holz hatte sich im Laufe der Jahre abgesenkt. Unser Ermittler legte die Lampe beiseite, um mit beiden Händen zupacken zu können. Ja, so klappte es. Bloß – täuschten die Augen oder verblich der Lichtstrahl? Irgendwas schien zu flackern. Nicht stark, aber merklich. Doch, doch. Das war keine Einbildung. Hauptsache es reichte noch zum Sehen. Er hob noch einmal das Tor an und drehte es so weit es ging. Hatte da jemand etwas gesagt? Es klang glatt wie ein Flüstern, wie leise Stimmen – eigentlich wie nur eine Stimme. Jemand, der mit ihm sprach? Er verharrte. Nichts. Stille, Schweigen. Zielstrebig schnappte er sich die Lampe und drehte den Kopf nach hinten, zur Flurtür. Auch dort war alles friedlich. Na gut. Dann sollte es weiter nach vorne gehen. Im gebückten Zustand schob er Fuß für Fuß voran, bis der gesamte Körper im Rahmen stand. Das Birnchen hatte Mühe zu leuchten. Hell und dunkel wechselten sich unregelmäßig ab. Ein Klopfen auf das Gehäuse verbesserte die Störung nicht im Geringsten. Man musste nun das Beste daraus machen. Er hielt die Lampe nach vorne, hinein in einen länglichen schmalen Raum mit einem Gewölbe aus aneinander geschichteten Steinplatten. Vor ihm ging es zwei Stufen bergab. Der Boden schien mit Erde bedeckt. Leer präsentierte sich die Fläche, bis auf zwei längliche zerknautschte Folien oder dergleichen im hinteren Bereich. Die Lampe schaffte es kaum, für ausreichend Beleuchtung zu sorgen. Unbeholfen schritt unser Kriminalist hinab und arbeitete sich gebückt nach vorne. Doch beinahe hätte er sich den Kopf an der spitzen Decke aufgekratzt, denn wie ein Blitz schlug ein gewaltiger Schock durch Mark und Bein! So extrem, dass er am liebsten geschrien und geweint hätte. Aber sämtliche Laute verklemmten sich in der Kehle. Festgefroren und erstarrt versuchte er die Situation zu realisieren. Der plötzlich wieder grelle Lichtschein prallte auf zwei ekelig skelettierte Menschenreste, deren fast blanke Schädel zähnebleckend an der Wand aufgerichtet zu ihm hinüber geiferten, so als wollten sie im nächsten Moment auf ihn losstürzen. Keine Ahnung, wieviele Bruchteile von Sekunden es dauerte, bis unser Entsetzter zu Sinnen kam und die Flucht antrat. Jedenfalls ging alles rasend schnell; er stolperte die Stufen hoch durch den Rahmen durch, verlor dabei das Gleichgewicht und stieß im Kellerraum gegen die umgekippten Stühle, die wiederum brachten eine Stehlampe zu Fall, die daraufhin gegen die graue Tür kullerte und sie ins Schloss klappen ließ. Alles wäre halb so dramatisch geblieben, hätte es diesmal nicht wirklich die Halogenlampe erwischt. Stockdunkel lag John nun zwischen dem Gerümpel am Boden. Stuhlbeine klammerten wie Arme an seinem Bauch, die Panik ließ die Augen flimmern. Er drehte und wandte sich, ähnlich einem Tier in einer heimtückischen Falle. Gleichzeitig tapste er wild nach dem verlorenen

Gerät. Es war beinahe zum Selbersterben. Warum musste ausgerechnet ihm das passieren? Die Lunge verlange hektisch nach Luft. Das schwarze Dunkle überspülte ihn wie ein Ozean. Nur nicht in der Furcht ertrinken! Endlich schaffte er es, wenigstens in die Hocke zu gelangen, da traf ihn der nächste Schlag. Die garantierte Vorstufe zum Wahnsinn! Solange es nicht zwischenzeitlich geschehen war. Drüben an der Wand, vermutlich rechts vom Tor, malte sich doch tatsächlich – ich wiederhole: malte sich tatsächlich nebelhaft blass-bläulich die Kontur einer Gestalt ab! Unglaublich! Mit offenem Mund versuchte er die müden Pupillen zu schärfen. Es gab keinen Beleg für eine Reflektion oder einen anderweitigen Lichtschimmer. Die Taschenlampe war total aus. Blieb nur ein Alptraum übrig. Mystik wäre zu positiv, denn mehr und mehr stabilisierte sich diese völlig verrückte Erscheinung. Eindeutig konnte man eine Person daraus erkennen. Eine weibliche, mit langem Gewand. Vielleicht ein Rock mit einer Bluse. Das Gesicht war verschwommen, schien aber noch jünger zu sein. Und dann kam der Hammer. Nein, das war absolut keine Einbildung; sie sprach zu ihm! Wirklich! »Das sind meine Mörder. – *Meine* Mörder!« Ja, genau dies hatte sie gesagt, besser: fletschend gehaucht. Unser Ermittler drohte zu kollabieren. Schweiß quetschte sich durch die Haut. Jedwedes Kälteempfinden war vorbei. Die Zeit schien die Welt aus den Angeln zu heben. Es wurde heiß. Furchtbar heiß. Für ihn. »Schweig' oder Du stirbst!«, befahl sie krass, wobei sie bedrohlich ihre Hände spreizte und zu ihm streckte. Doch im gleichen Atemzug löste sie sich auf. Verblasste, wenn man es so formulieren darf. Das war fast das Ende. John hechelte nur noch. Solche Gefühle lassen sich nicht mehr in Worte kleiden. Unmöglich. Dafür fehlt uns Menschen anscheinend die Vorstellung. Sei es Gespenst, Vision oder Fiebertrance. Die Begegnung mit den Leichen jedenfalls blieb bittere Wirklichkeit. Und die kaputte Lampe wohl auch. Das war keineswegs geträumt. Nein. So ein Mist. John nahm die Hände vor die Augen. Im nächsten Moment riss er sie direkt wieder weg. Er wollte lieber sehen, was um ihn herum geschah. Aber es geschah nichts. Außer – außer einem Geräusch in der Ferne! Ein Knarksen oder Rumsen. Doch, doch. Oben im Hause. Ganz sicher. Die Ohren wurden gespitzt. Da, wieder! Auch das noch. Bestimmt die Sache mit dem Siegel! Es war langsam zum Durchdrehen. Die Nerven versuchten zum x-ten Mal die Muskeln aufzupeitschen, aber die Muskeln blieben träge. Nur der Puls rauschte auf oberstem Niveau. Verharren oder Handeln lautete die Schicksalsfrage. Da Angriff schließlich die beste Verteidigung ist, bemühte sich unser Gestresster, wenigstens einen Weg zur Tür zu bahnen. Krabbeln war angesagt. Begleitet von Tasten. Oder besser umgekehrt. Vieles schien sich wie endlose Barricaden aufzubäumen. Er streckte den Arm so weit es ging nach vorne. Bald fühlte es sich nach glattem lackierten Holz an. Großflächig. Das musste das Ziel sein. Die Hand tapste hoch und rechts und links und noch höher, bis ein Fingernagel das Türschild verkündete. Jetzt waren es noch drei Daumenlängen bis zur Freiheit. Aber die Finger fühlten bloß einen kantigen Metallbolzen. Viereckig. Ohne Klinke ?! Nein, das konnte nicht stimmen. Wiederholt strich die Fingerkuppe den Bereich ab. Was blieb, war allein dieser Stummel. Kantig und kurz. Die Enttäuschung ließ die Laune tiefer als den Nullpunkt sinken. Wenn die Klinke fehlte, hieße das, er wäre gefangen. Gefangen in einer Kammer mit Leichen und Geistern ! Er könnte klopfen, er könnte rufen und es würde ihn niemand hören !! Niemand !!! Im Hals simulierte ein Kratzen staubige Luft, die Schwelle zum Durchdrehen eilte näher. Aus Angst formte sich Panik. War es eine Strafe ? Die Strafe hier eingedrungen zu sein und das Geheimnis zu lüften ? Ruhig bleiben und nicht aufgeben, dachte er. Nicht aufgeben. Noch einmal rutschte die Hand das eckig gemusterte Holzblatt entlang zum Türschild, danach über den Rahmen hinaus, die Wand längs. Hoch und runter bis zum Lichtschalter. Aber dort lauerte die nächste Pleite. Er funktionierte nicht. Oder funktionierte doch, bloß am Nachmittag war bereits die angeschlossene Glühbirne durchgebrannt, als er mit Detlef gegen den Kleiderständer kämpfte. Na prima. Das Leben kann so furchtbar sein, man braucht sich nur Mühe geben. Oder so ähnlich. Kein Licht, kein Bett und vor allem keine Ahnung, wie es weitergehen sollte.

Angenommen diese Erscheinung wäre keine Spinnerei, ja sie würde knallhart existieren, dann hieße das, jemand wäre bei ihm. Er wäre gar nicht alleine. Bloß, sollte man diesen Umstand als hilfreich oder als deprimierend einstufen ? Wäre es klug, mit dieser Frau Kontakt aufzunehmen ? Könnte man gar noch etwas lernen ? Oder würde man sich in eine gewisse Abhängigkeit begeben ? So, wie es anscheinend Herrn Alhoger passierte ? Darf man überhaupt eine Ver-bindung zu einem Verstorbenen pflegen ? Welche Verpflichtung geht man ein ? Das Leben würde sich rapide ändern. Wenn es nicht bereits seit diesem Tage schon geschehen ist. Nichts und niemand darf davon erfahren. Die Verschwiegenheit hat oberste Priorität. Zum eigenen Schutz. Besonders weil es wohl Malita war, läge es nahe, ihrer Weisung Folge zu leisten. Siehe Kreuzung. Sowohl in der Vergangenheit, als auch vorhin, vor drei Stunden. Oh je. Dabei wollte er diese Frau nicht kränken, sondern nur ihr Schicksal beleuchten, einen Versuch starten, Gerechtigkeit herzustellen. Aber was ist Gerechtigkeit? Empfindet sie nicht ein jeder anders? Gesellt sich die Frage hinzu, ob man als Kriminalist mit der Tatsache leben darf, zwei Ermordete zu ignorieren? Welch verfahrene Sache. Wo bleibt die Unterstützung Gottes? Salantov ist schließlich der Überzeugung, dass Seelen ihren Frieden benötigen. Seltsamerweise waren es aber nicht jene, die herumgeisterten. Oder doch? Oben im Haus? Hatten sie unseren Ermittler in den Raum gelockt? Diese Mystik ausgestrahlt, um Gerechtigkeit zu erlangen? Ein Hilferuf, der durch Malita's Kraft zunichte gemacht wurde, weil der Keller sich als heimtückische Falle darstellte? Ein Spielball der Seelen, wobei die eigene Seele zum Verlierer wird. Hatte Herr Alhoger die zwei auf dem Gewissen? Weil *er* sie tötete? Nein, *sie* waren letztlich die Mörder! Die Mörder von Malita! Und Malita hatte Rache genommen. Über ihren Bruder. Sie hatte Herrn Alhoger erpresst, seinen Körper zu Ihrem Werkzeug gemacht. Solange bis er sein Schweigen brach und nun war unser Kommissar an der Reihe, als Mitwisser. Ein Kreislauf ohne Ende, obwohl ein Kreislauf bereits am Ende war. Völlig am Ende.

Hilflos und erneut von Schauder durchzogen tastete sich John zu dem offenen Doppeltor: »Hallo?« Ohne Echo sogen die Mauern die leise Frage in sich auf. »F-F-Fräulein – Malita?«, ein Kältekrampf löste bei ihm ein stärker werdendes Beben aus. Die Haut vibrierte, der Wille verlor die Macht über den Körper. Mit klappernden Zähnen durchgrub er die Luft, bis er das offene Tor zu fassen bekam. Flugs schwang er es zu und schloss ab. Innerlich stimmte diese kleine Trennwand zwischen den Toten jenseits und ihm hier im Raume die erste Entspannung an. Allerdings zu gering, denn reichlich hektisch fummelte er am Schlüssel, um ihn herausrupfen zu können. Zurück ins Kästchen konnte er ihn nicht legen. Der Weg war zu weit. Dafür entsann er sich des Schrankes irgendwo rechts. Schon landete der Schlüssel in einer Hosentasche und im Watschelgang ging es zu dem gesuchten Objekt. Immer die Wand längs, mitten durch Schmutzfahnen, durch klebrige alte Spinnfäden. Der Ekel stieg, aber mit ihm der Drang, ein für allemal Ruhe einkehren zu lassen. »Au !«, ein harter Gegenstand erwischte seitlich die Stirn. Den folgenden ruckartigen Erkundungen nach, handelte es sich um den ersehnten Schrank. Es benötigte reichlich Anstrengung, ihn zu verschieben. Die vorhin wahllos weggeräumten Gegenstände vor dem Tor erwiesen sich oft genug als Hindernis. Noch einmal musste ordentlich zugepackt werden. Es schabte und lärmte, als die Holzleisten über den Fußboden kratzten. Ein unerwartetes Scheppern mischte sich ein. Offenbar war die Kohlenschaufel getroffen worden, was sie sofort mit einem Umkippen quittiert hatte. Die Finger wechselten zur Wand. Es fühlte sich an, als stünde der Schrank nun exact vor dem Tore. Doch, es durfte nicht wahr sein ! Das nächste Grausen brach herein ! An der grauen Tür tat sich was !! Die Klinke stöhnte; mit ihr begann direkt das Holz zu knarren ! Rasend schnell sprang Licht durch die mit Wucht größer werdende Öffnung; grell, direkt auf ihn zu. »Halt, wer sind – ?! John ?«, ein breiter Schatten malte sich im Gegenlicht des Flures ab, »Meine Herren, was machst Du denn da ?? Wieso bist Du hier ??« Eingeschüchtert und völlig geblendet rappelte sich unser Ermittler auf: »Das könnt' ich Dich auch frag'n !« Detlef drückte den Taschenlampenstrahl zum Boden: »Also ich habe nur meine Pfeife geholt, dabei habe ich nochmals oben nach dem Schlüssel gesucht.« »Was denn für'n Schlüssel ??«, wieder durchfuhr ein starker Schub das Gemüt. »Na, den hier. Von der Eingangstür«, erläuterte der Ältere, indem er das Exemplar aus seinem Jackett zog, »Und Du ?« »Ich ?« »Ja, was machst Du hier, um diese Zeit ? Und überhaupt ?« John kam näher, wobei er seine Kleidung sortierte: »N-Nichts, wie Du siehst.« »So, so«, entgegnete es mit einem Lächeln, »wieder einmal nichts – außer Unfug !«

Anzumerken wäre noch, dass das Geheimnis seltsamerweise bis heute gewahrt werden konnte. Eine nicht unerhebliche Rolle spielt neben unserem verschwiegenen Kriminalisten ein Unbekannter aus dem Ausland, der großzügig sämtliche notwendigen Steuern und Abgaben auf Jahre im Voraus beglichen hat. Demnach ist es der Ortsgemeinde momentan relativ gleichgültig, ob und wann je wieder jemand in dem allmählich verfallenden Gebäude wohnen wird. Als Eigentümer sei übrigens seit Jahren eine gewisse Malita Alhoger eingetragen. Dies nur so am Rande.

... Eine Untersuchung ergab später, dass Herr Alhoger einen Hirnschlag bekommen haben musste. So lautet es jedenfalls in den Unterlagen. Ich sehe das differenzierter; ich behaupte sogar, er musste sterben, weil er sein Geheimnis preisgegeben hatte. Aber bitte. Das ist meine ganz private Vermutung. Ich denke, seine Halbschwester hatte sich schlicht an ihm gerächt. Und – naja und ich – ich bin im gewissen Sinne – nicht ganz unschuldig daran." „Nicht doch", als tröstende Geste streckt Cathleen ihre Hand aus, um seinen Arm zu berühren, er aber entweicht im letzten Moment und verlässt das Sofa: „Naja, wie auch immer, Det's erster Fall endete anders, als er es sich wohl vorgestellt hatte: Eine frische Leiche und eine alte, verweste von der Kreuzung – die erst durch eine Baustelle ans Tageslicht gekommen war." „Weil Du gerade von Baustelle sprichst", unterbricht sie, „bevor ich vorhin zu Dir kam, waren an der Einmündung vorne auch Bauarbeiten. Vielleicht haben die Leute ein Kabel getroffen, und deshalb fiel bei uns der Strom aus?" „Das kann gut möglich sein. Nur, wer arbeitet um die Zeit noch? Bei dem Wetter?" „Manchmal gibt es dringende Reparaturen." „Stimmt. Entschuldige. Natürlich. Daran hatte ich jetz' nich' gedacht." „Du sollst Dich nicht immer entschuldigen", lächelt sie verschmitzt, „Hm?" „Hatte ich vergessen. Entsch... – entschieden vergessen. Ja." Ihre Mimik wandelt sich zum gewohnten Siegerlächeln, durchsetzt mit reichlich Amüsement. Aber als junge Dame möchte sie der Verlegenheit den Wind aus den Segeln nehmen, schließlich handelt es sich bei ihrem Gegenüber nicht um einen Kontrahenten, sondern um eine Person, die angelockt, die verzaubert und erobert werden soll: „Wie ist denn diese Geschichte ausgegangen?" „Wie meinst Du das?", eine Spur neuer Nervosität lässt seine Augen auf ihr Gesicht fixieren. „Nun, mich würde interessieren, was die anderen gesagt haben." Er holt tief Luft: „Naja, also Det hat nicht mehr viel darüber gesprochen. Er hat einen Abschlussbericht erstellt, ganz formal und ohne Hintergründe. Es blieb auch bei zwei getrennten Situationen: die Kreuzung und Herr Alhoger für sich. Kein Mensch hätte eine Verbindung beweisen können", mit hochexclusiven Zartbitterpralinen kehrt er zu ihr zurück.

„Und wie hat Herr Salmandrow reagiert?" „Sala?", er bleibt stehen, „Ich werde den Eindruck nicht los, er wusste mehr, als er zugab. Offiziell jedenfalls stand er der ganzen Sache distanziert gegenüber, falls ich es noch nicht erwähnt habe. Er sagte einmal: *»Es gibt Tatsachen, die wir nicht verstehen oder nicht verstehen dürfen, denn wenn wir sie verstehen würden, wären wir keine Menschen mehr.«* – Bitte", unwiderstehlich hält er ihr die dekorative Schale hin. „Nein. Und wenn sie noch so verführerisch sind", Cathleen erhebt sich, „aber ich muss jetzt gehen. Es ist wirklich Zeit." „Ja, ja – das Selbstbewusstsein. Dann nimm Dir wenigstens eine für unterwegs mit. Soll ich sie Dir einwickeln?" „Hn?" Auf ihren fragenden Blick hebt er das süße Objekt ein Stück höher: „Die Praline." „Einwickeln, wieso?" „Kleiner Scherz", lächelt er und ergänzt ganz leise: „Der nicht funktioniert hat." „Ach John", mit einem Smile kommt sie heran, hängt ihre Tasche um und schaut zuerst auf den Boden, dann wieder in sein Gesicht; direkt in die Augen: „Was mich zum Schluss noch interessieren würde: Gab es denn auf der Kreuzung wieder Unfälle?" Beinahe feierlich macht er einen halben Schritt nach vorne, sodass er ziemlich dicht vor ihr steht: „Weder im Mai, noch im August. Ein eindeutiger Beweis, finde ich. Somit, liebe Cathy, bleibt mir nur noch zu sagen:

Und die Moral von der Geschicht':
Dinge gibt's, die ahnt man nicht!

KLEINER NACHTRAG:

Als unser Gastgeber mit seiner Besucherin an der Haustür steht, um sie zu verabschieden, wird ihm spontan erneut unwohl im Bauch. Ganz unwohl, denn der Blick auf die vom diffusen Licht der Außenleuchte beschienenen Kette weckt mit einem Male Erinnerungen. Besonders dieses markante Kreuz. „Malita's Kreuz!", sagt er entgeistert. „Nicht doch, es sieht nur so aus, hm?", lächelt Cathleen kühl mit einem Zwinkern, bevor sie verführerisch langsam, fast hypnotisierend in seine Augen blickt, ihren Kopf leicht geneigt zu seinem führt und unwiderstehlich zärtlich einen intensiven Kuss auf den Mund gibt, worauf im gleichen Moment ein derbes Klicken vom Sicherungskasten her durch das Haus eilt und beide ins Dunkle stellt.

--- ENDE ---

Bisher in dieser Reihe erschienen:

Episode 1
KM 37 oder Manche Dinge fangen harmlos an
ISBN 987-3-8334-5306-9